Agnès Desbois

[redacted]

[redacted]

Claude Askolovitch

À SON OMBRE

DU MÊME AUTEUR

Aux éditions Grasset

BLACK BOLI, avec Basile Boli, 1994.
VOYAGE AU BOUT DE LA FRANCE. *Le Front national tel qu'il est*, 1999 (Prix Décembre 1999).
LIONEL, 2001.
QUI CONNAÎT MADAME ROYAL ?, avec Éric Besson, 2007.
JE VOUS FAIS JUGES, avec Rachida Dati, 2007.
NOS MAL-AIMÉS. *Ces musulmans dont la France ne veut pas*, 2013.

Chez d'autres éditeurs

LA FRANCE DU PISTON, avec Sylvain Attal, Robert Laffont, 1992.
CHEMIN FAISANT. *Entretiens avec le Grand Rabbin Sitruk*, avec Bertrand Dicale, Flammarion, 1997.
POUR EN FINIR AVEC LE VIEUX SOCIALISME… ET ÊTRE ENFIN DE GAUCHE, entretien avec Manuel Valls, Robert Laffont, 2008.
CONVERSATION AVEC CLAUDE ASKOLOVITCH, entretien avec Patrick Bruel, Plon, 2011.
LES ANNÉES TRENTE SONT DE RETOUR, avec Pascal Blanchard, Renaud Dely et Yvan Gastaut, Flammarion, 2014.
LES GRANDS GARÇONS : VALLS, MONTEBOURG, HAMON, Plon, 2015.
COMMENT SE DIRE ADIEU ?, Lattès, 2017.

Revue

« Le Livre inachevé. Réflexions sur ma question Strauss-Kahn » *in La Règle du jeu* numéro 51, février 2013.

CLAUDE ASKOLOVITCH

À SON OMBRE

BERNARD GRASSET
PARIS

Photo de la bande : collection particulière

ISBN 978-2-246-85842-3

« Et maintenant, vous voulez bien me passer Lara ? »

Sandro Veronesi, *Chaos calme*

« I'll take you home again, Kathleen »

Thomas Westendorf

à Camille, Théo, Octave et Léon.
Et aux superlatifs.

Valérie souriait en deux fois, une esquisse timide d'abord, puis un mouvement plus affirmé qui animait ses lèvres, comme s'il fallait hésiter à la frontière de la joie. Elle tournait imperceptiblement la tête au moment de sourire, l'émotion bouleversait son corps. Elle me donnait son amour et son âme. Je n'osais pas parler quand son sourire me venait.

Je peux encore dessiner Valérie dans le vent. Sa silhouette, son front un peu bombé, le creux sous ses épaules, ce moment où les hanches s'écartent de la taille. Mes doigts gardent le reflet de sa peau. Je sens à mon index l'alliance que j'avais perdue pourtant bien avant son départ, dans le vestiaire d'une salle de sport où je traînais, suant, le soir et les petits matins, quand j'aurais dû rentrer, quand j'aurais pu rester.

UN

- 1 -

Vient demain la fête nationale, quand serai-je révélé ? Je sais ce que je vaux. Je paraderai, quelqu'un se lèvera. Il dira qui je suis et c'en sera fini. Je sortirai de scène défait et soulagé. On plaidera que je fus gentil, de bonnes intentions ; que je fus seulement lâche d'avoir tant accepté, j'imitai des péchés qui ne m'allaient pas ; que je pris ma part de larmes et parfois fis du bien de quelques paroles.

Cela fait dix ans que Valérie est morte ; elle était fière de moi et c'est plus triste encore si elle s'est trompée.

Qu'il est difficile de ne pas duper.

C'est demain la fête nationale. Me voilà, 13 juillet 2019, un homme gris et trop gros en mal de lui-même, dans le train de Bordeaux, correspondance pour Marmande, cela me laisse du temps. La même fièvre me vient à chaque solitude ; quand nul ne me regarde, je peux m'abandonner. Je mesure mes désastres et je nourris ma peur, elle est mon habitude. Je pense à mes femmes dont je ne guéris pas, l'absente qui m'accompagne et celle qui vit et partira. J'appréhende les châtiments mérités et devine les démons qui attendent leur heure. Je sais l'odeur de la perte et la panique de l'homme que l'on dépouille. Je la sens revenir. Je n'en laisse rien paraître. Je repousse la peur en évoquant mes visages aimés. J'avance dans ce sourire et je blague plus fort si je croise un ami, une connaissance, un témoin, un public. Je semble désormais un homme drôle et plaisant. Je suis ce que je montre, ou suis-je ce que je sais?

On m'attend près de la Garonne dans un village nommé Couthures où ma profession débat. Je suis journaliste et m'intéresse aux autres quand je ne rumine pas. On s'intéresse à moi. C'est une étrangeté. Je vais intervenir dans des amphithéâtres de paille et de toile où sous l'égide du *Monde*, nous remuons nos scrupules et nos combats. L'époque s'égare dans les mensonges et le bruit mais nous gardons la vérité. Je masque encore la mienne. Avons-nous conscience, en ce temps ahuri, d'être bientôt défaits?

J'espère le sort des vaincus estimables. Qu'on me laisse disparaître en noble compagnie.

On m'aborde au village. On connaît ici mon visage ou ma voix. Je suis les matins d'une radio aimable et le soir d'une télévision digne; nous retardons les barbaries. On m'en remercie. J'ai appris à ne plus outrager ces gentillesses de rencontre. Je ne baisse plus les yeux ni ne ris bêtement, ni ne me détourne, cafard de fausse modestie. Je remercie à mon tour, je dis « c'est adorable », et le pense ; adorable mais indu, je ne mérite pas ça. Je salue et je claque des bises et je cherche Kathleen, puisqu'un jour elle ne m'attendra plus.

Qu'elle soit encore là est un bonheur, une peur sans fin.

Je suis un homme vieilli dont une femme est morte et qu'une autre quittera pour solde de tout compte, quand le moment viendra.

Je redoute Kathleen comme je la désire. Je pressens son regard après trois jours d'absence. L'habitude ne masquera plus mes formes sans angle, ma lèvre inférieure tombante, mes frisottis clairsemés, la mollesse du cou qui déborde à peine suis-je assis, qui s'étale si je baisse la tête, et le son aigrelet de ma voix sans volume – comment me supporter ?

J'ai de jolis yeux et elle des goûts étranges. Aimante, Kathleen dit que je suis sa brioche, je fonds alors dans ses bras plus longs que les miens, son corps plus ferme me berce. Elle s'amusera un jour de ne plus désirer ? Elle me mine d'un mot, d'un autre me relève, me reprend, son bassin me commande et son rire me pétrit. Je dors mal sous la couette. Mes chaleurs nocturnes prouvent mon andropause. Elle le répète à l'envi.

Quand je la rencontrai, je la portais sur mes épaules, six étages sans faillir, jusqu'à son appartement sous les toits qui sentait l'étudiante. Elle disait « tu es fort », elle était jeune et je n'étais pas vieux. Je la soulève à peine désormais. Pourrait-elle me porter ? Elle garde des délicatesses qu'elle ignore sans doute ; elle nage lentement et prétend préférer les vélos électriques quand je roule au mollet, me laissant l'illusion de la force virile ; elle abrite mes doutes érectiles sous une libido assoupie. Ces masques vont tomber.

Pourquoi l'ai-je rejointe ?

Trois jours sans moi à rire et travailler chez ses contemporains. Elle va me regarder dans mon incongruité, l'absurde de son couple sera une évidence. Que fais-je avec elle pour m'imposer cela ? « Que fais-je avec lui ? » me dira son rictus. *Tu l'as voulu, George Dandin.* Elle ne m'a sauvé que pour mieux me détruire.

La voici devant moi, j'aspire au coup de grâce. Il ne vient pas encore. Je m'accroche à Kathleen, aussi léger que possible, et puis m'éloigne pour qu'elle puisse respirer. Elle m'a embrassé, mais vite ; elle travaille, ce n'est pas le moment. Des confrères nous entourent, ses collègues, ses amis, esprits vivaces et corps encore frais, suis-je seulement dans leur paysage ?

Kathleen est journaliste, pas moins que moi sans doute et mieux dorénavant. Elle anime ici des tables rondes sur le sexisme : sujets pour notre temps et nos milieux. Comment élever des garçons qui ne soient pas des brutes ? Nous avons deux fils. Ce sont de gentils mâles. Ils ont quatre et six ans, des maillots de foot, l'aîné a une amoureuse que j'empêche parfois de dormir dans son lit. Octave se laisse aimer et laisse son amie rabrouer Léon qui lui pardonne tout.

Kathleen descend de scène quand elle me retrouve. Un homme l'accompagne, ils débattaient ensemble. Je le trouve beau et ils ont le même âge. Est-il trop mince pour elle ? Chaque jour la rend plus belle et ne m'arrange pas. Il nous offre à boire. Je parle un peu trop fort. Je l'épie. Elle rayonne. Il rit. Je ne l'aime pas. Je le montre si peu, il ne m'a rien fait. Je la déteste, je roulerais à ses pieds. A-t-il de la chance de ne pas être gros.

Nous nous baignons le soir dans la rivière. Nageant, j'ignore mon ventre. Je sors de l'eau démuni. Nous allons dîner, elle et moi, ses collègues. Kathleen veut un hamburger du Sud-Ouest farci d'oignons fondus. Plus loin cuisent des sandwichs au magret. Je vais vers eux. Elle ne me suit pas. Le jeune homme est près d'elle. Je retourne au stand du burger. À table, Kathleen s'éloigne vers une autre conversation. Je ne regrette rien.

Il y a le soir, il y a une nuit, de chaleur et de bruit dans la rue, une fête sous nos fenêtres, un bal où nous ne dansons pas, le sommeil qui fuit, le corps moite de Kathleen interdit de fatigue. Un matin épuisé d'avance nous sépare. Elle anime, je débats, nous faisons tréteaux séparés. Elle va séduire en étant elle-même. Je vais plaire en paroles, que croit-elle ?

Des lecteurs nous rencontrent. Une jeune Allemande explore la France dans une camionnette qu'elle a garée à l'entrée du village ; elle m'interroge avec sérieux sur l'avenir du pays ; je lui demande si elle se lave au fleuve. J'aurai envie cet été d'un corps à l'odeur de rivière. Des enfants me filment. Des adultes m'écoutent. Dans un amphithéâtre, je raconte ma carrière. Je porte un short rouge et une chemise en lin que Kathleen désapprouve à raison ; le bleu me va mieux que ce rose acheté pour faire rire une vendeuse et la fillette sérieuse qui nous regardait. Je verrai ma photo, assis sur l'estrade, les pieds dans le vide : un éléphant cramoisi le micro à la main.

Je tiens ma partie sans proclamer ma fraude. Ne la ressentent-ils pas ? On m'applaudit. J'ai les atours du sage et l'humour vétéran. L'âge m'y autorise et ce qu'est mon travail. J'en parle bien, dit-on. Je raconte des histoires qui arrivent aux autres, que je glane dans la presse, je la lis quand vous dormez encore ; je me lève la nuit pour vous. Je suis heureux dans cette vie étrange. J'aime les nuits blanches et j'aime les journaux, j'aime ceux qui les peuplent : ils m'ont sauvé du vide. J'aime la France et ses peu fréquentés. Je les ai côtoyés au temps du chômage. Je les préfère à ceux qui me ressemblent et que j'ai rattrapés. Mais pour combien de temps ?

Un bonhomme rose, au parcours cabossé. Il y a quatre ans j'étais transparent. Le ruisseau m'attend, nous nous retrouverons.

Je ne conteste rien de ce qui doit venir. J'ai tant démérité. Mon travail me rachète. J'y mets des efforts, des scrupules et des mémoires, mes peines et mes deuils. Les pauvres et les morts sont mes familles, les blessés sont mes frères, et aux vivants tels que moi, je ne passe pas la honte d'être encore.

La honte est mon secret, ma saveur, mon ingrédient précieux. Elle est en moi, me creuse et me nourrit, ce que j'ai de plus vrai.

Je n'écris que de honte d'avoir gaspillé.

- 2 -

Valérie est seule et sourit sur le marbre. Sa photographie orne notre tombeau. Elle rayonne d'une joie de fillette au cœur de sa fête, des plis imperceptibles au coin des yeux. Le sourire entrouvre sa bouche qu'elle gardait souvent fermée. Valérie vient de souffler ses bougies. Elle avait quarante ans et deux jours, le 12 juin 2005 dans notre maison de campagne ; elle avait quatre ans devant elle encore et quelques jours d'été.

En juillet 2009, au cimetière parisien de Bagneux, j'ai fait ouvrir le caveau de pierre de ma famille pour ma femme âgée de quarante-quatre ans. Nous avons posé Valérie au sommet d'une pile de vieux morts dont je suis issu. « Prenez soin d'elle », leur ai-je demandé.

Elle n'avait connu, de tous ces juifs de l'Est, qu'une petite tante Olga à l'accent parigot, qui avait traversé la guerre sans que les nazis remarquent son corps minuscule décoré d'une étoile. Olga avait assez vécu pour rencontrer ma jeune épouse, avant de partir sans bruit, pas loin de Daumesnil où elle vivotait. J'imaginais Valérie perdue chez mes vieillards, comme si vivante elle n'avait pas suffisamment donné.

Six ans après, un tout petit matin, nous avons exhumé le cercueil de Valérie pour la changer de tombe afin qu'elle soit chez elle. J'ai fait creuser un nouveau caveau, neuf et profond, pour accueillir sa solitude, en attendant d'autres pleurs où je la rejoindrai, et nos enfants s'ils le veulent et qui encore voudra.

C'est ici que Kathleen me visitera, rendu à Valérie. Ce futur que je lui prépare, l'assignant à mon deuil sur la tombe d'une autre, justifierait qu'elle renonce à m'aimer.

Ce n'est que par force que j'ai déménagé Valérie ; l'exhumation était une violence de plus mais je la perdais autrement. La vieille tombe familiale saturait : s'installant à Bagneux pour leur éternité, les Askolovitch n'avaient pas deviné qu'ils seraient si nombreux à mourir à Paris et qu'un trou n'y suffirait pas. Mon oncle allait partir après un beau combat. Il se nommait Adolphe, ce fut sa première blague d'être un juif né en 1936 et de porter ce nom ; nous l'appelions Félix. Il aimait les livres et le théâtre et puis embarrasser son monde d'une plaisanterie. Il avait la voix gouailleuse et traînante. Sa mort toute proche nous encombrait. Il fallait agir avant que son cercueil ne recouvre Valérie et ne m'interdise de la rejoindre un jour. J'ai fait signer des papiers à Camille et Théo. Ils étaient assez grands. Il dépendait d'eux qu'on dérange leur maman.

Un matin de juin 2015, nous avons donc revu cette boîte dans laquelle nous l'avions laissée à l'été 2009, le 28 juillet, simplement enroulée d'un drap blanc qui laissait deviner son corps, et au toucher son crâne, l'arête de son nez, que ma main suivait une dernière fois. À la morgue de la Pitié-Salpêtrière, j'avais caressé Valérie à travers l'étoffe. J'en garde la sensation.

Dans son cercueil, nous avions glissé des photos auprès d'elle : des photos de nous quatre, hilares et beaux lors d'un anniversaire. Camille et Théo, Valérie et Claude. Nous avions posé l'appareil sur la cheminée devant nous ; Valérie avait appuyé sur le déclencheur automatique et elle avait couru rire au milieu de nous.

Quand le cercueil est ressorti de terre, le bois était fendillé. L'espérais-je brisé ? Attendais-je un miracle, Valérie ressuscitée ? La boîte était bien fermée. Je ne l'ai pas revue. Nous avons prié comme au premier enterrement.

Nous sommes heureux désormais de son nouveau repos. Camille y a planté un rosier. Mon père, Roger, n'est pas bien loin, paisible dans sa tombe dont la photo est tendre, soutenue de ce vers qu'il déclamait au cabaret quand il avait vingt ans : « Je suis poète messieurs-dames ! » Papa attend Evelyn, ma mère, comme Valérie m'attend.

Nous nous asseyons sur une tombe voisine à la croix fourbue, pierre sans nom que nul ne vient plus voir, elle est comme une amie. J'embrasse sa photo. Des cailloux s'accumulent que le vent balaiera. J'ai planté des jouets de plastique dans la terre. Je regarde ma femme qui n'est plus que patience. Je parle ou je murmure ou médite de nous et je ne sais ce que je comprends moins, de l'absence ou de ma vie.

Chaque jour depuis dix ans, je dis Valérie, je la chante et je la psalmodie, je l'emprisonne et me serre de pensées, je la souris souvent et je la pleure. Quand les larmes résistent mais pourtant je les sens, je vais seul à Bagneux les trouver, ce n'est pas si loin, sans attendre les jours que me propose le calendrier : notre rencontre, son anniversaire, Kippour, son décès, la fête des mères. Je remplace les fleurs desséchées de ma dernière visite. J'achète pour Valérie des roses, ou bien ces bouquets ronds de jolies fleurs communes qu'elle doit encore aimer. Ce sont nos rendez-vous.

Je me lave les mains en sortant du cimetière et retourne fiévreux dans Paris où Kathleen me reprend, puisque je suis à elle. Je dois tromper quelqu'un mais je ne sais pas qui.

- 3 -

Valérie morte à peine, je dévorais Kathleen et la nuit respirais son sommeil. Valérie morte, je pleurais en moi en cachette et aussi sans pudeur, dans la rue, dans des spasmes et des sanglots. Je hurlais quelquefois. Valérie morte, j'ai regardé Kathleen comme personne avant elle et j'ai cru que sans elle je partirais aussi. Valérie vivante, je la regardais comme jamais personne. Elle me bouleversait. Vingt ans entre les deux. J'ai reçu Valérie en ne doutant de rien. J'ai saisi Kathleen après avoir perdu, j'étais nu désormais.

Qui a deux femmes perd son âme. Qui a deux maisons perd sa raison.

J'habite maintenant et mes maisons passées.

Je me souviens des nuits où Valérie dormait, et Camille et Théo, et j'étais leur gardien. J'écrivais la nuit. Je regardais les enfants dormir, leurs pyjamas se ressemblaient ; nous jouions aux dominos dans leur chambre ; une partie de plus pour tromper maman était notre seul vice. Valérie et moi avions monté leurs lits superposés, une fin de vacances, juste avant leur retour de chez les grands-parents ; nous avions déplié pour Camille des posters de Disney et collé des étoiles au plafond de la chambre. J'étais heureux et je le suis encore. Il suffit à mon bonheur que des enfants reposent sous mon toit.

Après Valérie me sont venus deux garçons. J'ai quatre enfants désormais. Octave et Léon dorment dans des lits parallèles ; la lampe au plafond de leur chambre a la forme d'un poisson. Je leur lis des histoires. J'embrasse le soir leurs corps assoupis.

Les repos s'entremêlent à vingt ans de distance et les douceurs dialoguent. J'avais gardé les livres de Camille et Théo que je lis désormais à Octave et Léon. Ils ont aussi les leurs. Parfois, une phrase d'un vieux bouquin fait résonner en moi la voix de Valérie. *Les vacances, c'est fait pour se reposer.* Elle aimait bien leur lire *La Famille mot à mot*, dont un personnage portait un nom juif un peu rare, Corcos : elle connaissait des Corcos et elle s'en amusait. Nul ne sait, quand je rouvre des livres, à quoi je peux penser.

Octave dort près d'une pile de livres et de cartes Pokémon et d'un loup de chiffon ; Camille triturait un lange froissé, le Nin-nin, dont la texture et l'odeur étaient irremplaçables ; Théo tenait un poussin nommé Piou, et tapotait des lèvres le dos de son pouce enrobé d'un coin de pyjama. *Dodo Piou Théo comme Stou.* Léon a renoncé à ses tétines sur lesquelles on pouvait lire « fan de papa », « fan de maman » mais continue de serrer l'ours Doudou blanc, son ami Doudou rouge et leurs congénères ; un tigre géant nommé Glaton veille au pied de son lit. Léon veut parfois que l'on s'endorme avec lui. J'accompagnais ainsi Théo dans son sommeil.

Je suis celui qui regarde dormir, et qui, réveillés, chatouille ses enfants. Trentenaire puis quinquagénaire, je suis resté un papa du songe, du bruit et des jeux. Mon père m'a tout appris. Roger avait les yeux bleus et le don du conteur, il savait mettre les enfants en transe quand il venait les chercher à l'école. « C'est Pépé, c'est Pépé », chantaient les amis de Camille et Théo, qui désormais sont adultes et un jour feront de moi un pépé.

Octave et Léon n'ont pas connu les farces de Roger. Il est mort avant leur naissance. Je leur dis ce qu'ils ont manqué.

Il aurait bien ri avec nous, pas vrai ?

Papa est, comme Valérie, l'astre d'un monde accompli. Il reste aux garçons, du grand-père inconnu, un culot génétique et le goût de la blague. Léon a dessiné sa famille à l'école. Kathleen et moi, Octave, Camille et Théo. Et au-dessus de nous, flottant dans le ciel, il a ajouté Pépé et puis notre chat, Shtreimel, ainsi nommé en hommage au chapeau de fourrure de Rabbi Jacob. Il ne miaule plus depuis le printemps dernier.

Je ne veille désormais que rarement pour écrire, mais me lève la nuit pour aller travailler quand ma famille dort. Je ne me couche pas assez tôt. Je lis aux garçons des histoires plus tard que raisonnable ou parfois je renonce tant je suis fatigué. Sans le gris de mon teint, le blanc de mes cheveux, quelqu'un pourrait croire que je n'ai pas changé.

Octave et Léon sont bavards et sérieux comme le sont mes enfants. Je dors le nez planté dans le dos de leur mère et me love contre elle pour trouver le sommeil.

Camille et Théo ignoraient dans leur sommeil d'enfants qu'un malheur peut venir. Valérie dormait une jambe sur la mienne. Ses cheveux me chatouillaient le nez quand je l'embrassais. J'étais plus large qu'elle. Je pouvais l'enrober. Aurais-je pu la sauver en l'abritant en moi.

J'ai changé de côté dans le lit. Je dors désormais où Valérie dormait. Kathleen est à mon ancienne place. Cela dit bien des choses. À tout confondre je la perdrai aussi.

- 4 -

Nos premières nuits ensemble, dans ma maison de campagne où nous nous protégions des regards, j'emmenais Kathleen dans la chambre à côté de la mienne, où rien n'avait changé. Je n'imaginais pas encore l'aimer dans mon lit. Je m'endormais contre elle mais j'étais aussi bien de l'autre côté. Je me devinais au-delà du mur et devinais Valérie. J'éprouvais le destin des marranes, que l'on brûlait sous l'Inquisition espagnole d'être restés juifs en leurs cœurs après leur conversion au catholicisme. Ils savaient simplement, je le sais désormais, que l'on peut être vrai dans deux mondes à la fois. Il faut apprendre à bien les dissocier, et autant que possible ne pas se rencontrer.

J'ai finalement changé mon lit de place et bougé une armoire en toile bleue, pour reprendre ma chambre et y conduire Kathleen. Réagencée, la pièce changeait-elle d'âme ? L'artifice m'autorisait un monde à construire. C'est dans une vieille maison en Eure-et-Loir que j'ai appris les ruses essentielles, et commencé à chérir toutes mes vérités.

Dans le tiroir de ma table de nuit reposent des tirages sur papier des quarante ans de Valérie. Je ne quitte jamais la campagne sans l'avoir entrouvert et caressé son image du bout de mon doigt. J'effleure et j'embrasse mon amour enfoui. J'appartiens à deux temps parallèles. Autrefois et aujourd'hui ont la même réalité.

Ma chambre est devenue celle de Kathleen. Nous y avons posé un tableau breton sur un meuble en bois clair que j'ai assemblé ; une route y ondule devant une mer froide dont on devine l'odeur. Elle m'est familière désormais. J'ai appris la Bretagne et puis Yeu de Kathleen. De Valérie j'avais su la Clape, le Minervois, les routes des Corbières, et je voudrais reprendre un café au bas de la rue piétonne, devant la mairie de Narbonne où je me suis marié, et traîner pour ne pas rentrer trop vite déjeuner. La chaleur me manque. Je nage désormais dans l'eau froide, j'aime et je vieillis dans un frisson salé.

Le rivage breton est signé Jean Duquoc. On l'expose à La Baule, à Saint-Malo. Kathleen et moi nous sommes aimés dans ses paysages. Le meuble qui le porte a remplacé l'armoire de toile. J'ai donné le pyjama en pilou que Valérie portait dans la Beauce, bleu clair et pelucheux, qui était resté après elle, en boule, sagement, dans l'armoire disparue.

- 5 -

Valérie morte, j'ai mal monté la garde devant nos mondes ; Kathleen voulait les siens ; je l'avais invitée ; elle ne pouvait pas vivre dans nos seuls décors. À Paris, j'ai laissé partir nos deux canapés, des fauteuils trop gros pour les déménagements, une table basse de bois et de verre que Valérie avait choisie. Les meubles disparus vivent en moi, comme la couleur grège des plinthes du salon de la rue Caulaincourt, dont nous moquions l'élégance avec les enfants : elle en était si fière, elle avait tout choisi.

Le grège, il n'y a pas mieux.

Dans son salon, Valérie repoussait ses tortures. Elle se couchait sur le grand canapé, sa tête prise dans un étau. Elle combattait la douleur en fumant. Je sens encore l'odeur de ses petits cigares. Elle fumait pantelante. Elle se levait d'un bond. Chaque jour, sans prévenir, le mal la saisissait, son crâne comme broyé jusqu'au vomissement. Elle avait dû sortir de sa voiture tellement elle avait mal, me disait-elle le soir. Elle se plongeait des heures dans un bain avant de s'endormir. Je ramassais près de la baignoire un magazine trempé. Je ne comprenais pas qu'elle fume en dépit de ses migraines. L'illogisme des autres m'agace. Je suis le procureur de ceux que j'aime, que je dois régenter.

Je cherche parfois la petite couverture plus douce que les autres, que Valérie posait sur elle quand elle n'en pouvait plus. Elle a disparu étrangement, comme le flacon rond de la maison Guerlain, *Insolence*, que j'avais conservé et que je respirais en cachette. Je me faufile dans les boutiques d'aéroport et les grands magasins pour sentir Valérie. Je garde dans ma poche le petit bout de carton blanc de la démonstration ; il me tient une heure, deux, rarement la journée ; je pense à le jeter pour ne pas blesser Kathleen.

J'ai sauvé un coussin du canapé de Valérie, et d'autres en soie noire, dont elle disait qu'il fallait prendre soin. Je les caresse. Kathleen me demande ce que je garderais d'elle si elle mourait avant moi. Je ne réponds pas, ou bien ceci : « Je partirai avant toi. »

Kathleen n'est que vivante. Je ne sais pas la sublimer en fantôme et je ne lui ai pas sacrifié tous nos meubles, est-ce moins l'aimer ?

Je conserve de Valérie un fromager de bois clair qui abrite nos assiettes précieuses, offertes à notre mariage, les miennes maintenant. Kathleen n'y touche pas. Nul ne les range que moi ; je ne les sors qu'aux fêtes et je les garde cachères dans ma maison désormais accueillante au jambon. Je n'ai pas cassé nos verres en cristal. Je ne les pose jamais sur une table de fête sans penser que Valérie serait triste si on les brisait. Je l'imagine trinquer à nos anniversaires.

Il me reste des meubles de bois brun qu'elle aimait, des bibelots dont je sais seul l'histoire, des tendresses, des cadeaux, un bouddah d'ivoire et de métal et une statuette copiée d'Afrique qui rit à pleines dents ; Théo l'avait choisie pour une fête des mères et Valérie aimait que l'objet soit rieur comme son petit garçon. Un tableau aux couleurs chaudes offert pour notre mariage contemple ma nouvelle vie ; je m'attarde sur la dédicace ; elle prouve que nous fûmes.

Je couve du regard un couteau à fromage, un autre à pain, je souris à une assiette commune venue d'Ikea, dont la couleur bleue atteste qu'autrefois elle n'était destinée qu'aux plats lactés ; elle accueille désormais des repas incongrus. Valérie avait rapporté de chez Tati des tasses à café de métal qui désormais sont des coquetiers. Je m'en sers parfois pour boire, et toucher de la langue leur saveur argentée. Des plateaux de plastique et de bois portent les petits déjeuners que je prépare à Kathleen les dimanches matin. Quand je dispose son demi-avocat, un toast et ses œufs à l'anglaise, solidifiés d'avoir frit sous un couvercle, je me demande ce qu'en pensent ces objets familiers, qui portaient autrefois les repas d'une autre.

Les assiettes ne se révoltent pas.

Kathleen dort dans mes draps. Kathleen dort dans nos draps. Je devrais les changer. Pourquoi l'accepte-t-elle, qui pourtant sait l'empire des petits riens ? Elle s'est approprié un petit bureau que Valérie m'avait offert pour que je puisse écrire au calme de notre chambre, loin du bruit des enfants devant la télévision. Kathleen me subjugue par sa force et son détachement feint. Elle ne se révolte qu'en s'éloignant de moi.

Kathleen et moi savons nos territoires. Nous conservons chez nous chacun un chez-soi. Elle construit son abri en livres couchés sur une bibliothèque malcommode près de notre lit, tous lus un à un ; sa constance accuse ma distraction. Kathleen est grande mais ses refuges sont minuscules. Les miens prennent trop de place.

J'ai un cagibi appelé bureau et des bibliothèques débordant d'autrefois. Au sommet de l'une d'elles, dans une housse de tissu blanc, sont pliés les vêtements que Valérie portait un matin où nous étions lassés l'un de l'autre. Cela fait un moment que je ne suis pas allé toucher cette jupe noire et ce chemisier qu'elle portait son dernier jour avec nous.

- 6 -

C'était en 2009, nous étions en juillet. Valérie m'en voulait. Elle ne me parlait pas. On devait l'opérer d'un rien de fille, un mystère d'utérus, l'affaire d'une journée. Elle avait d'abord refusé que je l'accompagne à cette clinique près du Trocadéro. Elle ne trouvait pas de taxi. J'avais insisté. Je la conduirais. Elle ne me parla pas dans la voiture. Elle prenait les disputes plus au sérieux que moi.

Je pensais, pense encore, que l'insouciance annule toutes les méchancetés. Nous avions crié l'un sur l'autre la veille ou bien le jour d'avant. Nous étions dans un été lourd de crises qui pour un rien s'envenimaient. Un plafond fuyait. Valérie était debout sur un escabeau. Elle s'alarmait pour trois gouttes traversant le plafond de la salle de bains. Elle aimait sa maison. J'étais indifférent à cette catastrophe et à tant de tristesse. Elle m'en voulait et se désespérait de tant de fatigues. Elle ne passait pas un jour sans souffrir et vomir.

Treize ans plus tôt, en 1996, Valérie m'avait enseigné qu'il ne faut jamais se fâcher avant un voyage. La fille aînée de son cousin était morte dans un accident de voiture ; ses parents s'étaient disputés avant de prendre l'autoroute et trouver devant eux un imbécile courant après son chien dans la nuit. Je me souviens d'une fillette jolie et sérieuse. Salomé allait entrer à la grande école. Treize ans plus tard, Valérie s'est fâchée avec moi. Elle avait oublié.

Nous nous sommes assis sur les canapés blancs du hall de la clinique, en attendant qu'on l'enregistre. Elle sortirait le soir. Nous serions en vacances le surlendemain. Je comptais sur l'été pour la refaire sourire. Elle restait silencieuse. Dans la petite chambre où elle ne ferait que passer, elle devait se doucher de Bétadine avant l'opération. Valérie m'a dit « laisse-moi ». Je lui ai obéi. Ce fut son dernier mot.

Elle m'avait confié des missions sans m'en croire capable. En l'attendant, je devais réinscrire Théo à son cours de guitare basse et faire retendre des fils sur ses dents rebelles. J'ai mis un point d'honneur à accomplir mes tâches. La dentiste avait mauvaise haleine et Théo s'indigna. Il avait quatorze ans. Nous avons déjeuné au McDo place Pigalle. L'académie Atla était dans une impasse grouillante de jeunes gens porteurs de guitares. J'enviai mon fils pour toute cette énergie. Je ne sais pas si j'ai senti que l'air tremblait autour de moi.

Théo était monté sur scène quelques jours plus tôt pour plaquer des accords au concert de fin d'année de l'école de musique. Valérie l'avait filmé avec son nouvel iPhone. Elle adorait ce jouet. On l'entendait crier sur le film. Je n'y étais pas. Était-ce un samedi, quand je travaillais ? La joie de sa maman amusait Camille. Toutes deux s'émouvaient du sérieux de Théo. Il semblait timide, en dedans, retenu. Il était pris depuis petit par des peurs et des angoisses, des pressentiments. Il semblait redouter quelque chose en ce début d'été.

Théo avait été Tistou dans nos premiers babils et il l'était resté, Tistou, Petit Stou, Tistele en yiddish, mais parfois pour son regard inquiet, nous l'appelions Tristou. Il protestait. *Je ne suis pas triste, je suis un Tistele.* Nos inquiétudes lui pesaient aussi. Au collège, il riait et même trop. Il avait volé une scène de Molière dans des pantomimes, plus drôle de n'avoir pas appris son texte. Il ne nous avait pas dit qu'il jouait en public. Nous avions manqué ça.

Théo est un homme désormais, mais dont l'enfance affleure qui s'est mal terminée ; chaque pas, chaque mot, me rappellent qu'il a déjà beaucoup survécu ; il est rond et musclé, pas assez sec pour sa taille, puissant et tendre du regard et de la voix, le visage orné d'une barbe qui le rend crédible pour les rôles d'apprentis djihadistes que le théâtre lui propose. Ses personnages ne sont jamais méchants. Il émeut et fait rire. Théo est comédien. À chaque pièce, je le regarde d'un même amour inquiet. Et à chaque fois, presque – presque à chaque fois –, me vient le même vide : Valérie ne bat plus des mains pour lui.

Je tourne parfois la tête, au théâtre, quand notre fils joue, imperceptiblement, pour imaginer Valérie sur une chaise voisine, et je laisse alors traîner le bras, afin qu'elle reprenne ma main.

Je la cherche à d'autres spectacles, au cinéma, dans la rue où je serre doucement l'ombre de sa main. Seul en voiture, je lève ma main droite pour que Valérie y pose à nouveau son menton. Moins souvent qu'autrefois, seul, en société, je projette son image sur un fauteuil, que je fixe au-delà de ceux à qui je parle, jusqu'à la voir, sans aucun doute, me souriant derrière eux. Valérie que je devine, que je suis seul à voir, mais qui notre dernier jour m'avait dit « laisse-moi ».

- 7 -

Dans l'après-midi du 23 juillet 2009, j'ai voulu appeler Valérie à la clinique. Était-elle encore fâchée ? Le téléphone sonnait dans le vide. J'ai trouvé ça étrange.

Je devais la chercher à 6 heures, ou la demie, je ne sais plus. J'avais pris du retard. Je redoutais l'ennui d'une autre dispute ; je me sentais coupable, j'avais donc échoué. Elle ne m'attendait pas dans sa chambre. Ses affaires éparses ne me suggéraient rien.

Les aides-soignantes me dirent que Valérie avait eu un malaise. On me mena vers le directeur. Il m'entreprit avec un embarras pesant. L'opération s'était bien déroulée, Valérie s'était réveillée ; elle avait mangé un petit pain mais s'était sentie mal ensuite, on ne comprenait pas, on avait appelé le Samu pour la transférer dans une clinique toute proche, mieux équipée, Georges Bizet, elle y serait bien prise en charge.

Le directeur était empressé, imprécis et verbeux ; juif comme moi mais différent ; il parlait comme on hypnotise. Je l'écoutais hébété et soumis. Des semaines plus tard, il me retrouverait errant devant sa clinique où nos vies avaient sombré ; il me parlerait de Dieu qui décide et console. « Qu'Il aille se faire enculer », lui répondrais-je en le fixant pour mieux le choquer. Je m'en veux de cette grossièreté ; je n'avais trouvé que cela pour venger ces minutes où je m'étais laissé prendre dans ses mots quand Valérie m'espérait, dans la salle de réveil où on l'avait reconduite.

Je me suis révolté. J'ai demandé à la voir mais il était trop tard, l'ambulance attendait. J'avais enfilé un masque et des chaussons stériles quand j'ai vu son brancard surgir devant moi. J'ai dit « ça ne va pas ? ». Valérie a secoué la tête. Je n'aurais d'elle ensuite que le silence de son corps intubé dans la nuit, devant lequel je divaguerais des pardons et des promesses, et puis son corps mort le lendemain à qui je ne promettrais plus rien d'intelligible.

- 8 -

Valérie est morte à la Pitié-Salpêtrière le 24 juillet 2009 à 21 h 40. On m'expliqua ensuite la logique implacable d'une tumeur cachée en elle, que nul n'avait devinée auparavant, jusqu'à ce scanner du milieu du corps laissant apparaître une masse près des glandes surrénales. À l'hôpital, les médecins qui se demandaient pourquoi une femme jeune leur filait entre les doigts se regardèrent alors ; ils avaient compris.

Ses docteurs en ville, qui depuis des mois assommaient Valérie d'antalgiques, n'avaient jamais deviné que ses maux de tête ne venaient pas de ses vertèbres cervicales, qu'il faudrait un jour opérer, mais d'une tumeur nommée phéochromocytome : une pompe endormie qui lui envoyait à doses vicieuses des giclées d'adrénaline, elles dévastaient son crâne et puis se dissipaient. Valérie n'était pas migraineuse, mais frappée chaque jour d'atroces hypertensions, fuyantes et méchantes, qui lui imposaient une torture incompréhensible.

Elle avait vécu deux années ainsi.

J'ai compris rétrospectivement sa première crise, qui l'avait prise dans un restaurant, à Venise où nous passions trois jours pour notre anniversaire. C'était mon idée, requinquer notre amour en partant en voyage, loin des autres et sans nos enfants. Nous étions assiégés à Paris. Un jour devenus vieux, nous ne serions qu'à nous.

Ce 7 septembre 2007, Valérie s'était figée comme si la foudre lui avait traversé le cerveau. Le lendemain, secouée encore mais apaisée par la chaleur, fumant au Cannaregio, elle souriait à nouveau. Le glas avait sonné et nous n'en savions rien.

Le 23 juillet 2009, à la clinique du Trocadéro, la tumeur fut réveillée par l'anesthésie générale, et sous le choc bombarda Valérie de tout ce qu'elle avait : non plus pour un mal de tête mais pour détruire pièce à pièce sa vie. Un à un les organes de Valérie sombrèrent jusqu'au cœur, le lendemain, le vendredi 24, la nuit venue attestant l'arrivée du chabbat. Son corps n'avait tenu qu'une journée, un peu plus, mais, on me l'assura, sa fin, un tel jour, ferait monter plus vite son âme au paradis.

Je ne le souhaitais pas. J'imaginais qu'elle flotterait sans cesse au-dessus de nos vies. Nous pourrions vivre à son ombre protectrice. Elle ne serait jamais loin de pouvoir revenir.

- 9 -

À la campagne, réfugiés après les huit jours du deuil rituel, anesthésiés de visites et de prières, j'ai pensé avec Camille et Théo que Valérie était cet oiseau qui chantait dans le grand arbre devant la maison. Veillait-elle sur nous ? Nous apprenions à nous asseoir à des tables de trois. Serions-nous amis après elle ? Chez Decathlon, nous avons acheté des vélos, et pour Théo un panier de basket que j'ai cloué au-dessus de la porte de la grange. Lui footballeur s'était pris d'amour pour un autre ballon, avant les vacances, et cela restait vrai en dépit du malheur.

Le panier tient toujours dix ans après et quand je le regarde, je peux me souvenir de mon néant. Désormais, notre Octave, en étirant son corps, y lance à son tour ses ballons. Octave est mon garçon de l'après et de toujours ; il sait et il guérirait tout, si on le laissait faire, mais les peines sont tenaces, il le ressent déjà.

Nous sommes allés manger des crêpes un soir à Gallardon, que domine une tour du Moyen Âge dont manquent la moitié des pierres, qui pourtant ne tombe pas. Je disais à Camille et Théo que j'allais faire d'eux des cinéphiles, puisque désormais ils étaient mes compagnons, de quoi parlerions-nous sinon ?

La nuit Théo criait.

Ma maman. C'est ma maman.

Nous sommes partis au bord de la mer, en Bretagne, dans le dernier hôtel qui n'était pas complet. J'ai réservé une grande chambre pour nous trois.

Il fallait se sauver. La campagne ne nous soulageait plus. Notre petite maison au jardin encaissé avait été noyée par nos peines. Camille avait peur quand je faisais les courses, quatre kilomètres plus loin. Elle m'appelait pour que je revienne.

Ma maman.

Deux mois plus tôt, fin mai, j'avais acheté pour Valérie un transat' en plastique et un fauteuil de jardin ; elle n'en profiterait pas ; nous reposions sans elle ; nous n'aurions pas la paix. Il nous fallait de l'air. Nous avons fui vers l'ouest.

À Perros-Guirec, nous avons joué au minigolf. Valérie n'est pas revenue pour jouer avec nous et se moquer de Camille maladroite. Camille a hurlé sur des passants qui nous regardaient. Théo lisait *Bel-Ami* debout sur la plage. Le cynisme de Duroy l'horrifiait et le ravissait. Au début des vacances, Valérie lui avait mis le livre dans les mains. Elle n'est pas revenue pour le voir lire. Elle n'est pas revenue non plus la nuit pour me donner la main ; je ne l'aurais dit à personne. Je jouais avec l'idée que tout ceci était une épreuve. Si je me comportais bien, le cauchemar s'arrêterait, Valérie serait là. J'ai longtemps espéré. Je contemplais nos enfants. Ils dormaient mieux je crois.

J'ouvrais mon ordinateur. Je disais la mort de Valérie à des inconnus happés sur Facebook. Je cherchais des frères et j'espérais des femmes. Referais-je l'amour ? J'apprenais l'insomnie. Je nageais dans l'eau froide comme dans mon enfance, je comptais mes brasses et pleurais. Un jour, je criai pour moi seul, « je ne suis pas cela ». Camille avait peur pour moi. Dans les eaux chaudes qu'elle préférait, en Corse, Valérie me guettait quand je nageais au loin. « Je ne suis pas cela. » Je nageais en Bretagne, que le froid me réveille. Je ne me noierais pas. Je criais à chaque brasse, je vivais.

Nous sommes allés faire de l'accrobranche, glissant entre les arbres, suspendus à des crémaillères. Théo était agile. Nous lui avons acheté une tenue de basket. Il marquait des paniers près de la plage, un elfe bouclé. Camille et moi l'encouragions. Je rôdais la nuit sur Internet. Oui, nos enfants dormaient mieux. J'ai pris des photos des enfants, comme autrefois en vacances, quand nous partions à trois, au ski ou en Écosse, Valérie travaillant à Paris. Camille et Théo se dérobaient quand je sortais ma caméra : des ados. J'insistais. *C'est pour maman, elle sera contente.* Ils se laissaient faire.

J'ai pris des photos en Bretagne. Je voulais leur dire que c'était pour maman.

J'ai lu cet été-là un Jonathan Coe sur des nains assassins, saisi de pouvoir lire encore, me forçant à ce calme, troublé d'en être capable. J'ai lu et lu encore les mots que m'envoyaient des proches, des inconnus, qui parlaient de Valérie.

J'ai lu et lu et lu à nouveau, sur un réseau social, le message d'une jeune femme avec qui j'avais bavardé quand l'été commençait, avant la catastrophe, juste un peu trop longtemps pour que ce soit sans risque, un soir de bouclage, un moment suspendu, avant.

Des pensées et des pensées en ce moment si difficile, m'avait écrit Kathleen.

Elle s'imprima en moi.

- 10 -

Je travaillais alors les samedis jusque tard dans un journal paraissant le dimanche, où l'on ne m'aimait guère et que je n'aimais pas. J'en faisais d'autant plus. J'étais usé de m'être trop trompé. Je ne m'estimais plus. Je donnais mal le change. J'attirais le conflit et j'avais trop déçu. Kathleen débutait, toute neuve et riche de n'avoir jamais blessé. Elle était gentille puisqu'elle me parlait.

Elle avait une jupe large et un chemisier vert. Je babillais derrière mon bureau, elle assise plus loin. J'ai souvent fantasmé, depuis, un autre commencement, qui m'aurait vu avancer vers elle. Quel goût aurait eu Kathleen, Valérie vivante ? J'ai cette nostalgie d'une trahison et non plus d'un refuge, que j'aurais décidée moi et non pas le sort, d'une vie que j'aurais choisie dans ma seule violence, pas une réparation. Ce n'est pas arrivé. Il vaut mieux.

Kathleen m'avait parlé de Mozart et d'un amoureux qu'elle voulait quitter. J'avais plaint celui qui viendrait juste après. Elle avait des théories sur le *rebound boy*, la *rebound girl*, cet être qui vous ramasse après un amour, vous répare et souffre par vous et se libère, vous ayant rendu à la vie. Quelques semaines encore, elle serait mon rebond, ma vérité et désormais ma fin possible que je dois conjurer.

Nous n'en devinions rien. Nous n'étions nulle part. Je perdais mon temps et le sien dans ces bavardages qui viennent dans les bureaux quand la tension s'abaisse, quand dans la grande salle les secrétaires de rédaction n'en finissent pas de soigner la maquette, on sera bientôt libres et on s'en ira, la jeune femme parlera à ses amies d'un drôle de vieux au boulot, on n'y pensera plus.

Un monde nous séparait. Je bouclais mes notes de frais avant les vacances. Je jouissais de prébendes. Je téléphonais. Je parlais pour entendre le son de ma voix. Je ne la voyais pas.

J'existais pourtant ; un bloc d'existence. J'avais l'immensité des vies quadragénaires, construites pierre à pierre, inextricables, soudées par ces frustrations que l'on ne dira pas et un bonheur immense qu'on ne remarque plus. Mon père allait mourir, je m'en persuadais. Je composais mon personnage du futur orphelin. Je n'avais rien pensé pour le moindre veuvage. Cela n'existait pas.

Vivante, Valérie me manquait déjà. Nous avions saturé nos vies de travail et d'ambition. Je lui manquais aussi. J'y étais habitué, j'en étais triste mais lâche. Qu'y faisions-nous ? Valérie me voyait sombrer derrière les apparences. Elle me tendait la main. Je masquais mes défaites. *Qu'as-tu fait de ton talent.*

Mes livres étaient derrière moi. Dans un style convenu, j'écrivais des articles pompeux, caressant les pouvoirs sans même l'avoir voulu. Nicolas Sarkozy présidait, j'apparaissais comme un de ses caniches de plume. Je trouvais ça injuste. On me moquait chez des confrères. Internet s'essayait au châtiment public. Je répondais, réfutais, plaidais, injuriais en retour, par messages publics, par courriels : j'y consacrais plus de talent qu'à travailler.

Je passais dans ma bile plus de temps qu'à aimer.

Le mal m'envahissait. La gentillesse me quittait. Je pouvais devenir un de ces tyrans domestiques, qui se croient des victimes et gémissent d'autant plus qu'ils masquent leurs lâchetés.

J'avais crié dans la voiture, un dimanche, cet été-là. Nous allions voir mon père échoué dans une clinique au-dessus des Buttes-Chaumont. Valérie voulait tourner à gauche pour suivre son GPS, quand il fallait monter l'avenue Simon Bolivar, elle le savait pourtant ! J'avais tourné le volant que Valérie tenait et insulté Théo qui défendait sa mère.

J'étais le plus laid des hommes mais ne pouvait-on comprendre que mon père s'en allait ? Valérie avait mal à l'épaule. Je lui avais fait mal en brusquant le volant. Dans la honte qui m'avait pris aussitôt, cela m'étonnait ; dans ma honte qui n'est jamais partie, je m'en étonne encore. Sa tumeur cachée avait-elle essaimé dans son corps et ses os ?

Nous n'avons pas voulu d'autopsie.

- 11 -

Valérie n'était pas montée voir Roger. Elle était restée dans la voiture, devant le parc, à nous attendre, puis était repartie sans moi avec les enfants. Je me souviens de son visage fripé.

Seul sur le trottoir, piteux et sale, j'avais regardé ma famille s'en aller.

Valérie, Camille et Théo étaient allés manger boulevard Voltaire, dans un restaurant chinois, nous disions un « chinois cachère ». C'était une bonne idée. Montée à Paris à vingt-trois ans, Valérie avait découvert ces restaurants qui florissaient alors, où l'on mangeait selon la loi juive mais comme tout le monde, où des loubavitch barbus donnaient la main à des cuistots asiatiques, composant des rouleaux de printemps sans crevettes et des vapeurs sans porc. Nous avons dîné vingt ans dans un autre chinois, au Lotus de Nissane, près de la Bastille, dont le nom évoquait un mois hébraïque nommé aussi *'hodesh ha-aviv*, le mois du printemps. Nous y commandions pour la maison des repas de fête. Les retards de ses livreurs nous mettaient en joie.

À l'automne 2009, Camille, Théo et moi avons retrouvé au Lotus de Nissane le doux rabbin qui en juillet avait enterré Valérie. Nous aimions bien Olivier Kaufmann, son teint pâle, son autorité ironique, ce qu'il laissait paraître d'une vie qu'on devinait pas simple. Un an plus tôt, il avait suivi Théo pour sa bar-mitzva. Théo le faisait rire, croyant comme son père qu'être aimé arrange tout ; peut-on charmer sans les apprendre les lettres de la Torah ? J'amusais Olivier d'être en retard comme un coursier loubavitch pour les cours de Théo. Olivier estimait Valérie : elle était fiable, répétait-il, et il nous le redit au restaurant ; j'aimai l'entendre encore.

Il nous dit aussi que les larmes laissent des traces, et ces traces sur les visages témoignent du disparu.

Il nous dit enfin – il regardait Camille, je pense – qu'il fallait après Valérie illuminer notre maison des bougies de chabbat : les vendredis soir, les femmes, dans les foyers religieux, allument des lumières qui séparent la semaine du jour préservé où l'on peut préférer sa famille au monde.

Vivante, Valérie regrettait la paix du chabbat ; j'en devinais les bienfaits comme l'ennui. Ma mère, Evelyn, venait du monde des rites et des prières, fille de juifs allemands qui avaient repris leurs habitudes pieuses en revenant des camps, ne sachant pas vivre autrement. Evelyn avait renoncé au judaïsme de son enfance pour l'amour de Roger, mon père, juif mais Français laïque.

Ni Valérie ni moi ne nous étions pliés aux règles de la foi, dans nos samedis saturés de courses et de théâtre, d'amis, de cinémas. Je manquais de vertu et elle avait connu, enfant, assez de contraintes.

Nous eûmes pourtant, l'envie nous en prenait parfois, des repas de chabbat, quelques vendredis soir, le pain *halla* tressé sous le tissu brodé qu'on nous avait offert à notre mariage, et le jus de raisin dans une jolie coupe. Avec Camille et Théo, nous nous donnions la main pour chanter le *Kiddouch* à quatre voix.

Nous faisions nos courses au Pletzl, le vieux quartier juif de Paris dans le Marais où, en dépit des échoppes de mode et de l'immobilier à la hausse, subsistaient quelques boutiques assez vraies pour faire croire au Yiddishland, désormais au prix de Fauchon. Nous achetions le pain chez Finkelsztajn, devenu Florence Kahn, au coin de la rue des Écouffes ; le pastrami, la dinde, la mortadelle, le veau pressé chez Panzer, rue des Rosiers, dans une boutique où l'on faisait la queue longtemps, qui s'enorgueillissait d'un tonneau de saumure où baignaient des cornichons géants. Panzer a quitté le Marais pour le XVIe arrondissement. Valérie n'a pas connu cet exil.

Nous ne faisions pas chabbat chaque semaine. Nous aurions dû oser, c'était bon pourtant. Nous n'avons pas non plus allumé les bougies, Camille, Théo et moi, dans la maison sans Valérie. Ce n'était pas pour nous.

À Kippour, quand Dieu pardonne et soupèse nos destins, Valérie redoutait la migraine ; bien avant d'être malade, elle avait subi tant de maux de tête : le jeûne les exacerbait. Le soir, quand s'achevait la fête, elle se tournait vers une fenêtre, elle murmurait une courte prière puis prononçait nos noms. C'était son rituel. Dieu nous a-t-il manqué ?

En décembre 1990, jeunes mariés, Valérie et moi étions partis en Israël pour de courtes vacances ; elle était rentrée seule : la guerre du Golfe approchait et le journal qui m'employait me laissait jouer au reporter d'une étrange guerre, à Tel-Aviv que les Scuds irakiens allaient frapper, frapper chimiquement disait-on.

J'avais zigzagué sur des autoroutes, porté un masque à gaz et tremblé aux alertes. Ma sœur Myriam vivait à Tel-Aviv : elle était partie en Israël sans prendre le temps d'étudier en France, la plus déterminée de notre famille. J'insistais auprès d'elle pour qu'elle rende étanche son appartement, à force scotch sur chaque interstice, comme le recommandaient les autorités. Je m'agitais sous son ironie et celle de Dov, son compagnon, bientôt son mari. Dov, vingt ans plus âgé que Myriam, était né Victor au Maroc, le fils d'un instituteur juif de Mogador, aujourd'hui Essaouira, que le rêve sioniste avait saisi : il était parti tout jeune en Israël dont il savait désormais chaque route et chaque colline, pour lequel il avait fait la guerre et vu mourir des amis. Ma panique de puceau de la guerre l'amusait sans malice.

À Paris, Valérie dormait chez mes parents. Ils se tenaient chaud et ignoraient ma peur.

J'étais allé un petit matin au Mur des lamentations, fasciné par une foule ultra-orthodoxe, une masse bruissante de lourds vêtements noirs, qui implorait l'Éternel qu'il épargne le pays. Je fantasmais la Shoah. Dans une librairie de Jérusalem, j'avais acheté un livre venu d'un monde brûlé. Il s'appelait *La Flamme du Shabbath*, écrit en yiddish par un juif polonais devenu fonctionnaire en Israël, Josef Erlich ; il racontait avec une précision méticuleuse la paix du septième jour chez des villageois juifs avant la catastrophe. Le livre me suivait sous les sirènes d'alerte.

Quand je rentrai, Valérie voulut un enfant. Elle avait eu trop peur. Elle me chanterait Nougaro plus tard, « elle voulait un enfant, moi je n'en voulais pas », et enceinte écouterait en boucle « Piensa en mi » que nous avions découvert dans un film d'Almodóvar, sans en soupçonner la prophétie.

Si tu as envie de pleurer, pense à moi.

Le bébé bougeait en elle. Camille reconnaissait la chanson. Elle naîtrait dans une famille restée au bord de la foi, la devinant sans s'y résoudre, de quelques chabbats et de jolies fêtes, mais évitant l'absolu.

Erlich repose quelque part dans ma bibliothèque. Je ne l'ai pas relu. Chaque jour la vie me dérobe des possibles. Ils s'accumulent, une montagne désolée.

- 12 -

Le Lotus de Nissane a fermé, je l'ai découvert par hasard en passant à vélo rue Amelot. Je tiens ainsi les comptes de nos lieux disparus. Si Valérie revenait, elle serait perdue. Je lui expliquerais tout. Au Faubourg-Montmartre, le restaurant Les Ailes est parti, où l'on mangeait copieusement français et tunisien, et parti aussi Zazou, ses sandwichs au thon et ses fricassées trempées d'huile, et parti le restaurant Berbèche où nous commandions des grillades-frites pour les enfants quand Valérie travaillait tout près à SOS-Racisme, et parti à Ternes le restaurant Goldenberg décoré de fresques sionistes, où nous déjeunions de pastrami et de foie haché. Nos décors se dépeuplent, cela ne m'aide pas.

Le chinois cachère du boulevard Voltaire a disparu aussi, où elle emmena nos enfants ce 12 juillet 2009, douze jours avant sa mort.

Les smartphones étaient une invention récente. Au restaurant, Camille avait pris l'iPhone de Valérie et photographié son frère et sa maman.

Valérie est vêtue de blanc. Elle enlace Théo qui bientôt sera plus grand qu'elle. Il porte un tee-shirt noir et une casquette de base-ball. Sur une autre photo, mère et fils sont épaule contre épaule. Tout se devine quand on sait. Le teint de Valérie est presque jaune, son visage est si maigre. Théo est tendre et rond, incroyablement fragile. Leurs yeux brillent. Ils sourient. Leurs yeux sont humides. Je n'en suis pas certain. Ils passent un bon moment. Ils sont peut-être soulagés de m'avoir échappé.

Ce sont les dernières photos de Valérie sur terre : elles portent l'irréparable, comme ses derniers mots. *Laisse-moi.* On ne m'avait pas dit que la mort nous piège. Autrement, j'aurais fait attention.

Ce n'est pas cette photo qui orne notre tombe mais une autre, joyeuse. Fait le compte d'une vie, la joie n'est pas moins vraie. Nous l'avons eue aussi.

Nous avions perdu des amis cette année 2009, d'autres étaient venus. Notre vie sociale était en pointillé. Nous étions encerclés par ses maux de tête et mes prétentions, mes fatigues et mes défaites.

Valérie prenait ma défense devant mes détracteurs. Ses yeux fusillaient un copain socialiste, qui avait daubé sur mon passage à droite. Elle écrivait à un vieux compagnon, attentif si longtemps, complice et confident, mais que j'avais déçu ; son journal me prenait pour cible et j'en faisais un drame. Des petites piques d'un tout petit monde, quelques journalistes, quelques politiques, des échos venimeux, des proches perdus, une brume m'obsédait. « Tu ne veux pas que cela devienne irréparable », écrivait Valérie à l'ami qui fuyait.

Cette année-là, je croisais Valérie les matins. Je l'embrassais devant notre porte en lui donnant les clés de notre voiture. Je me levais à l'aube pour écrire dans une chambre de bonne l'éditorial que je dirais ensuite à Europe 1, qui n'était ni honteux ni impérissable. Elle m'écoutait, avait-elle aimé, je rentrais, je lui donnais la voiture, c'était tout.

Valérie traversait Paris et la banlieue pour aller travailler à Evry. Elle dirigeait la communication d'une agglomération où cohabitaient des cités populaires et des laboratoires de biotechnologie, et soutenait l'ambition de Manuel Valls qui était notre ami. Manuel et moi avions écrit un livre ensemble. Il voulait alors inventer une gauche optimiste et moderne. Je le fustigerais quelques années plus tard, Valérie morte et lui devenu puissant, au nom du bien, de ma conscience, des migrants, de l'histoire du socialisme qu'il avait délaissée. Étaient-ce de bonnes raisons ?

Nous avions été beaux et largement innocents.

Valérie rentrait tard, éreintée par les embouteillages. Je rentrais tard, j'avais deux emplois.

Après la radio, je traînais mes regrets dans ce *Journal du dimanche* dont je ne savais que faire, dont je prenais l'argent. Le samedi, rarement, je quittais le bouclage en cours de soirée. Je rejoignais Valérie chez des amis. On avait dîné avant moi. Je faisais du bruit pour camoufler ma gêne. On m'avait gardé ma part de poisson. Valérie faisait mine de ne pas être triste. Nos amis l'appelaient « la veuve du samedi ». Les mots nous attendent au coin des cimetières.

Le dimanche, nous marchions doucement vers les Abbesses. Dans les allées du G20, elle me demandait de l'attendre. Elle avait glissé son portefeuille dans la pochette du caddie. Les courses faites, j'achetais des journaux étrangers pour trouver des idées : je mimais mon métier avec application. Nous prenions un café. J'aurais voulu paresser avec elle. Il fallait remonter. *Tu te souviens que nous avons des enfants ?* Nous étions une famille. Valérie s'arrêtait chez Monceau Fleurs pour acheter de la terre. Elle rempotait des plantes pour notre balcon. Théo grandissait. Camille passait son bac. Nous rejoindraient-ils pour une salade aux pommes sautées du Relais gascon ?

Notre dernière photo ensemble, Valérie et moi, nous nous donnons la main dans une crêperie de la rue Lepic, où nous fêtons Camille, notre fille bachelière. Nous sommes des vétérans de la vie. Valérie a l'air épuisée. Nos regards nous savent amoureux. Nous ne nous sommes pas toujours disputés. La crêperie aussi a fermé.

- 13 -

Kathleen a découvert que j'étais marié et veuf en même temps, en lisant le journal, quelques jours plus tard, plage des Vieilles, sur l'île d'Yeu qui est son refuge. Elle en fut étonnée. Je ne lui avais rien dit de moi qui vaille.

Nous allons désormais à Yeu ensemble. Elle y possède une petite maison. Nous faisons du vélo. Octave roule devant. Léon se laisse porter sur un tandem-remorque. Il pédale quand cela lui chante. Mon vieux cœur ne lâche pas. Le plus souvent, nous évitons les Vieilles. « C'est ici que j'ai appris que Valérie était morte », dit Kathleen à chaque fois. Nous aimons d'autres plages, où rien ne nous rappelle ce que nous savons trop.

Kathleen avait lu et puis m'avait écrit. *Des pensées et des pensées.* Sa phrase moins juste, rien ne serait venu ? Je relisais son message. Kathleen pensait et pensait à moi. Je divaguais sur une jeune femme à la bouille ronde, me souvenais-je d'elle vraiment, à peine aperçue ? Je tissais une pelote de possibles. L'absurdité d'une vie sans Valérie me laissait démuni. Je n'y comprenais rien.

J'avais vécu vingt ans avec ma femme, un peu moins, j'avais vécu heureux comme un imbécile, c'était déjà fini ; vingt ans, cela file quand on ne sait pas ; vingt ans, nous n'avions rien réglé.

Valérie savait que la vie ne joue pas. Depuis toujours, elle appréhendait sa mort avec un entêtement troublant. *Tu vivras plus vieux que moi*, m'avait-elle dit un soir, nous étions pourtant jeunes. J'étais allé courir autour de la Butte Montmartre, je transpirais, je soignais ma santé, je me délassais dans un bain. *Tu vivras plus vieux que moi.* Elle l'avait vraiment dit et manifestement le pensait.

Au fil des années, dans des disputes et des tristesses, reviendrait chez Valérie cette expression, « quand je serai morte ». Quand elle serait morte, j'aurais des filles faciles, une femme jeune. Quand elle serait morte, j'en profiterais. Que deviendraient nos enfants quand elle serait morte ?

C'étaient des mots sans raison apparente. Ce que l'on dit au combat conjugal, quand on veut blesser celui qui se dérobe. Mais ils étaient dits avec tant de douleur qu'elle semblait y croire. Était-ce son corps qui criait par elle, sachant ce qui venait ? Bien avant la tumeur, elle se pleurait déjà. Sa peine écorchait mes défenses. Elle était donc si triste ? Je la prenais dans mes bras. Elle me laissait faire ou bien me repoussait. Je n'étais pas digne de ses gouffres. J'étais trop égoïste, rationnel, trop prudent. Valérie prophétisait devant un mur opaque.

Je crois maintenant à ce qui la rongeait. Valérie voyait. Il ne lui manquait que les circonstances d'un destin tracé. Elle vivait habitée par sa fin, sans pouvoir la nommer. Valérie savait que la mort l'attendait derrière le mur; mais elle ne percevait rien de son visage et ignorait le moment; elle savait, simplement.

Le plus souvent tout de même, elle vivait. Valérie était *Sim'ha*, qui signifie « la joie » en hébreu. Elle savait mériter son nom. Nous aimions le vin de Bourgogne et partir au soleil, nous aimions nos enfants, nous nous aimions, nous avions nos rires, nos surnoms, nos mots de passe et nos codes, nos victoires.

Une amie de sa jeunesse à Montpellier avait baptisé « ouche-ouche » l'acte sexuel primaire. Nous nous surnommions « docteur Cinoque » et « madame Foldingue », c'était une pochade venue de la télé, elle écorchait des mots : « Bonjour docteur Synode. » Nous nous appelions Ninouche et Poucette, Ninouchette. Un bon film était un film de Poucette. Un *'halwada* était un grand désordre. Un *sheket,* imposait le silence. Un *bouallya* signait l'étonnement. Un *'has ve chalom* conjurait le mauvais sort.

Nous célébrions Noël à notre manière, allant au cinéma le 24 décembre au soir, comme des juifs hédonistes et entêtés. Étrangement, en décembre 2008, son dernier hiver, Valérie, sans nous prévenir, avait acheté un sapin, puis des décorations au bazar pakistanais de la rue Lepic et s'était amusée toute seule avec son arbre, ravie de notre surprise. Elle avait eu envie d'un sapin toute son enfance : cela ne lui manquerait plus.

Elle m'a offert cette transgression en héritage. Cela me rend aujourd'hui les fêtes plus faciles.

Chaque année, quand revient Noël que nous célébrons désormais de plein droit, une famille multiculturelle, disposant des cadeaux sous l'arbre mais allumant aussi bien les bougies de Hanouka, je me souviens du sapin de Valérie. Mes larmes retenues devant Octave et Léon, j'accroche avec soin les boules noires et argentées qu'elle m'a laissées, au milieu d'autres décorations que Kathleen a choisies.

- 14 -

Valérie avait eu, enceinte de Camille, des fringales de cerises. J'avais jeté ses fruits par la fenêtre de notre première voiture dans une dispute au métro Barbès-Rochechouart. Valérie s'était touché la fesse. Elle se souvenait d'une légende de nos grands-mères : les envies inassouvies des femmes enceintes s'impriment sur la peau des bébés.

Nous avions acheté une Fiat Uno d'occasion pour qu'elle aille travailler : elle était éducatrice à Garges et les allers-retours en RER devenaient épuisants. La voiture me parlait. Avant Valérie, j'avais aimé une jeune femme qui, à notre meilleur, conduisait une Uno, et s'était éloignée quand son père, travaillant chez Fiat, avait changé pour une Punto. Je ne sais rien oublier. J'aurai passé ma vie dans des rêveries gigognes.

L'accouchement était programmé. Valérie avait tremblé de froid après qu'on l'eut placée sous péridurale. Je l'avais fait recouvrir d'une couverture. Ce 25 octobre 1991, à la clinique Marie-Louise, cité Malesherbes, où Jean-Philippe Smet était né en 1943, j'avais presque raté l'arrivée de ma fille. Affamé, j'avais rejoint nos mères qui campaient au café en attendant le bébé. J'avais commandé une omelette aux pommes de terre ; l'inquiétude me donnait la fringale ; à l'aube, avant d'entrer à la maternité, j'avais déjà enfourné quatre croissants. Mon instinct m'arrêta. Je me levai sans finir mon plat et repartis vers la salle de travail. Camille pointait le bout de ses cheveux. Elle n'était pas sortie. Valérie avait supplié qu'on m'attende pour la faire naître. *Mon amour, c'est une petite fille.* Camille était nous deux.

Trois ans plus tard, enceinte de Théo, Valérie était restée couchée cinq mois pour ne pas perdre un bébé que pratiquement rien ne séparait du vide, son col de l'utérus s'étant effacé. Elle lui parlait doucement. *Tiens bon mon bébé.* Elle l'avait sauvé, son gynécologue n'y croyait pas. Petit garçon, Théo posait sa tête sur les hanches de sa maman. Camille nous racontait ses histoires et encore ses histoires. Valérie lui avait appris à sourire jusqu'aux oreilles pour ses photos de classe. Camille avait des chouchous dans ses boucles et des robes brodées.

La Uno avait lâché Valérie un jour où elle me rejoignait avec Camille bébé au pot de départ à la retraite de mon père Roger, qui à soixante-cinq ans renonçait à diriger *L'Arche*, le mensuel des communautés juives, qu'il avait bien servies. Camille avait mangé à la becquée sur la moquette de la réception. Après la Uno, nous achetâmes une voiture verte à un concessionnaire Renault aujourd'hui disparu, boulevard Raspail : une Twingo bientôt surnommée *Twingele*, en yiddish. Le vendeur s'appelait Arthur, il en faisait des blagues. « Je vais me faire appeler Arthur ! » Nous nous sommes longtemps souvenus de lui. Avant Jules qu'elle aime, Camille aima un Arthur que Valérie trouvait beau et en riait parfois, et qui dormit chez nous la nuit où elle mourut.

À la naissance de Théo, j'installai sur le toit de *Twingele* un porte-bagages, où nous arrimions nos valises comme les familles marocaines en route pour le bled, que nous croisions sur l'autoroute en descendant l'été à Narbonne ; nos sacs étaient maculés de moucherons. Après que j'eus posé le porte-bagages en forçant le caoutchouc des portes, *Twingele* était moins étanche. Il pleuvait sur le siège de Théo.

J'achetais à Valérie des fleurs rue Caulaincourt, dans une boutique où trônait un aquarium de poissons exotiques qui fascinait Théo. Le fleuriste nous donnait des pastilles à la menthe, nous avions la bouche fraîche. Théo portait les bouquets que Valérie aimait ronds et acidulés.

Nous écoutions Henri Dès et puis chantions en voiture en vue de nos maisons. *On est arrivés, la la la la la.* Valérie chantait Brel d'une voix cassée. *Ne me quitte pas.* Nous taquinions ses colères d'un air de mirliton. *Sens de l'amour, sens de l'humour.* Je pouvais la fâcher plus vite que n'importe qui, il me suffisait d'effleurer ses cheveux. J'en faisais un concours avec les enfants. Elle se fâchait et puis riait, vaincue. Elle m'appelait « Monsieur plus » pour mon incapacité à rester en place et à me contenter d'un seul plat, d'un seul film, d'une seule semaine de vacances. Elle m'appelait *super-égoïste* en riant, et parfois ne riait pas.

Je me souviens de Valérie sautant sur une jambe dans notre première chambre, rue du Chevalier de La Barre, joyeuse et criant mon nom. *Ninouche !* J'avais réparé une vitre cassée avec un carton moche et des clous si gros qu'ils en avaient presque éclaté la fenêtre, elle s'en moquait de moi encore dix ans, quinze ans après ; elle en aurait ri vingt ans, il s'en fallut de peu.

Je me souviens d'elle disant « que je l'aime », ayant trouvé en rentrant la table dressée pour un repas de fête. Je me souviens de notre bruit quand avec les enfants nous descendions de Montmartre pour la place Clichy où le Wepler nous attendait. Valérie disait qu'elle avait trois enfants. Elle pensait avoir perdu son corps dans ses grossesses ; elle regardait son ventre comme un trésor abîmé : c'était une fantaisie déprimante et sans raison. Valérie mettait à la plage des maillots de bain sans forme. Un matin, en vacances aux Caraïbes, elle acheta des bikinis sexy à la jolie vendeuse de plage qui passait devant nous. Elle était belle. Camille, Théo et moi l'applaudîmes, elle était revenue.

Je l'appelais Poucette depuis nos premiers jours, parce qu'elle pouvait tenir dans le creux de ma main.

Valérie souriait en deux fois, une esquisse timide d'abord, puis un mouvement plus affirmé qui animait ses lèvres, comme s'il fallait hésiter à la frontière de la joie. Elle tournait imperceptiblement la tête au moment de sourire, l'émotion bouleversait son corps. Elle me donnait son amour et son âme. Je n'osais pas parler quand son sourire me venait.

Nous vivions joliment. Elle savait avec nous repousser ses ténèbres. Parfois ils revenaient et Valérie se rongeait des bonheurs trahis.

Elle me parlait peu de son enfance, sinon par bribes. Elle avait été si heureuse petite qu'elle pleurait d'y penser, et tellement seule aussi. Elle m'avait dit qu'elle était, fillette, parfois envahie d'un malheur si profond ; elle était la colère et elle était le chagrin ; elle était celle que l'on taquine et qui ensuite se morfond d'injustice, celle qui pense et sait qu'on ne la comprend pas. Adulte, elle n'avait pas changé. Elle avait eu raison depuis toujours de se savoir marquée.

Je me souviens de mes rires, elle demandait l'absolu. *Dis-moi que je suis la femme de ta vie ! Tu es la Poucette de ma vie.*

À ses suppliques j'opposais les sourires de celui qui vivra.

Tout m'est revenu à peine est-elle partie, tout ce qu'elle demandait, ce que j'aurais dû dire, dans le petit bout de vie qui nous était prêté. Ce qui de son vivant semblait irrationnel a pris la force des vérités volées. Elle ne savait rien de plus beau qu'un couple de vieillards, qui se donnent la main dans la rue, nous serions cela me disait-elle dès nos premières promenades ; nous n'avions pas trente ans, pourquoi tant de hâte ?

Nous étions ensemble depuis trois mois, à la Noël 1989, Valérie m'avait emmené à Narbonne rencontrer sa famille. Elle m'avait dit que sa maman avait de jolies jambes. Nous n'avions pas dormi dans la même chambre, tels les fiancés d'antan. Son frère Daniel avait tellement monté le chauffage de la pièce que nous partagions que je me réveillai déshydraté. Nous étions allés marcher dans une lumière grise au bord de la mer, de Narbonne-Plage à Saint-Pierre, pour visiter une vieille dame que Valérie aimait beaucoup, qui semblait seule et douce, je ne sais plus son nom. Après notre mariage, nous irions à Ashdod, en Israël, rencontrer sa grand-mère qui comme Valérie s'appelait Sim'ha. Elle parlait arabe, hébreu et l'espagnol aussi ; elle avait été prospère au Maroc, puis pauvre en Israël où elle avait fui, et trompait sa vieillesse en regardant des films d'Égypte ou de Bollywood. Sim'ha me trouva beau, Valérie fut heureuse. Avec une crème camphrée, elle me massa une cheville foulée, que j'avais retournée en courant avec des gosses dans notre rue du Chevalier de La Barre qui dévalait Montmartre.

Valérie était morte qui aimait la vieillesse ; elle ne la vivrait pas.

Dis-moi que je suis la femme de ta vie.

Pourrais-tu me poser à nouveau la question ?

Ma Poucette.

Mon Ninouche.

Valérie à peine morte, j'avais commencé ma prière qui ne cesserait pas. Je psalmodiais nos mots. *Tu es la femme de ma vie.* Je psalmodie encore. *Mon Ninouche !* Elle criait par moi. Je pleurais pour elle. Elle était si triste de nous avoir perdus. *Ninouche !* Je hurlais à sa place. Je m'invoquais dans ses limbes. Je ne savais que faire de ce désert sans fin.

- 15 -

L'été 2009, je veillais nos enfants.

Le malheur était un masque sur Camille et Théo. Leurs regards s'éteignaient. Leurs sourires étaient braves. Leur blessure était la fin du monde. Valérie morte, fallait-il aussi que nous soyons vaincus ? Leur tristesse annulait le plus fier de nos vies. Ils étaient si heureux, avant ! Des lettres me parvenaient, d'amis, de collègues, qui me disaient que Valérie était belle et drôle et forte, et qu'elle nous aimait tant, elle parlait tant de nous et ses yeux brillaient. J'y trouvais de la joie et mes gouffres à venir. La tête me tournait. J'avais la sensation d'une chute sans fin. Je vivais dans un vertige. Je survivrais à l'instinct.

Kathleen m'avait écrit.

Après Perros-Guirec, nous sommes revenus à la campagne. Je suis passé à Paris, seul, une après-midi, sans les enfants, préparer pour nous trois l'appartement encore imprégné de Valérie. J'aurais pu croire qu'elle était simplement descendue faire des courses, rien n'avait changé. J'ai caché ses chaussures dans le placard du couloir, celui qui fermait mal. Je n'ai rien jeté. J'ai lavé nos draps. Ils avaient fini par perdre son odeur. Après sa mort, nous avions dormi huit jours ensemble Théo et moi, à chercher sa fragrance ; nous l'avions effacée par la chaleur de nos corps.

Ses parfums étaient à leur place, ses pinceaux, sa terracotta, et sagement pliés ses pulls, ses petits hauts noirs, et entassés dans son dressing ses sacs, que j'irais souvent explorer pour trouver un mot, un ticket, une relique. Une psychanalyste, un soir, sur Facebook, me dit que Valérie, morte si vite, partirait lentement. Je m'en réjouissais. Je refusais l'adieu. J'allais poursuivre une autre vie pour nous, invisible mais tenace comme un fleuve souterrain. *Les gens meurent réellement quand on ne parle plus d'eux.* Valérie m'avait souvent dit cela. Elle ne mourrait donc pas tandis que je vivrais. Je disais son départ aux commerçants. Ils se souvenaient d'elle et je m'en réchauffais.

Kathleen m'avait écrit. Je ne savais pas vraiment son visage. Je l'imaginais.

- 16 -

Le dernier lundi d'août 2009, j'ai repris le travail. Les caprices des programmes m'avaient déplacé. Sortant d'Europe 1, en fin d'après-midi, je me suis effondré dans la voiture. Valérie ne m'avait pas appelé après l'antenne. C'était la première fois.

Le lendemain, au journal, j'ai vu Kathleen entourée de comparses ; elle était donc réelle ; je lui ai fait un signe : nous devions parler. Un soir, vers la place Clichy, je lui ai pris une main qu'elle n'abandonna pas. Nous avions bu un verre dans un café place Blanche, je la raccompagnai. Je ne lui avais raconté que Valérie ce soir-là, d'une traite, et après ? Il fallut quelques jours. Nous allions être ensemble ; nous ne serions pas seuls. Chez elle bientôt, rue Nollet, à l'automne, je tremblerais la nuit.

Kathleen m'avait dit « mon amour », j'en avais tressailli. « Tu pourrais refaire ta vie », me demanderait-elle, et je lui répondrais, « j'ai déjà commencé ». Recommencer n'était pas abolir. Kathleen voulait que je l'endorme avant de m'en aller. Je la prenais dans mes bras. Mon esprit divaguait. Je fuyais le repos.

J'aurais voulu dormir avec elle, passer une nuit entière et une autre et une autre encore et ne plus en souffrir.

Il existait un monde possible, où rien n'était arrivé. Je n'avais jamais fait de mal à personne. J'avais rencontré une jeune femme, elle vivait sous les toits, à l'étage des pauvres et des étudiants ; ses voisins de palier étaient des travestis algériens qui tapinaient avenue de Clichy. Une bibliothèque surplombait son lit et nous étions heureux.

Mais les yeux grands ouverts, Kathleen endormie, j'appelais Valérie.

Mon cri était muet. J'étouffais mes larmes dans les draps. Je m'habillais dans le noir, le plus doucement possible. Le lit de Kathleen, trop grand, bloquait la porte de sa chambre. Elle ne fermait pas. Je descendais les six étages d'un immeuble paisible, qui en dehors d'elle ne m'était rien. Je me demandais si derrière ces portes vivaient des familles sans drame, des adultes et leurs enfants qui ressemblaient à ce que nous étions avant.

Je n'appartenais pas aux chambres sous les toits, où dormait la jeune femme qui me tenait en vie. J'étais d'un autre monde, de grandes pièces sédimentées, d'objets qu'on accumule, de dîners entre amis les fins de semaine où l'on papote vacances et politique, et l'on rivalise d'histoires entre bientôt vieux sur la difficulté d'élever des adolescents. J'avais vécu ainsi, à égayer des tablées en racontant les exploits de Camille et Théo. Valérie me le reprochait. *Je n'aime pas qu'on dise du mal de nos enfants.* Elle exagérait, c'était juste pour rire. Elle manquait d'humour quand il s'agissait de nous. Moquer Camille ou Théo, c'était nous profaner. Elle les avait abrités de mes complaisances comme elle m'avait protégé des médisants. Mon monde était en ruine et nos ados des réfugiés. Valérie ne pouvait plus les défendre et la nuit je les désertais.

Kathleen endormie, je remontais vers Montmartre où mes enfants reposaient. Je leur avais menti, prétextant un dîner, des amis. Ils m'encourageaient, ils ne voulaient pas que je sois déprimé. Chez Kathleen, je me torturais de les avoir laissés. Je me tournais vers le mur pour saisir mon portable. *Je vous aime bonne nuit.* Je pleurais en traversant la place Clichy. Chez moi, je respirais enfin. Mon foyer m'apaisait. Je regardais nos photos. Rien n'avait changé. Il existait un monde possible, où seule aurait existé Valérie, que rien ni personne ne viendraient m'enlever. Mais les yeux grands ouverts, dans ma chambre, j'écrivais à Kathleen.

Pour vivre j'étirais mon âme. Je n'avais pas le choix.

- 17 -

Valérie est morte sans moi. J'étais en route pour la veiller à la Pitié-Salpêtrière quand la doctoresse m'a rappelé, un peu avant 22 heures, le 24 juillet 2009. Elle était polonaise. Je lui avais déjà parlé. J'ai reconnu sa voix. Elle était désolée. Une heure plus tôt, elle m'avait demandé de venir sans trop tarder. On tentait une opération pour que le cœur de Valérie tienne dans la tempête. Il ne m'avait pas attendu.

Je conduisais une Peugeot immatriculée dans l'Aude, dont le siège passager glissait quand je freinais. Un mois plus tôt, Valérie avait offert notre Scenic à ses parents et pris leur *rougne* en échange. Nous avions acheté cette belle voiture anthracite aux sièges parés de cuir comme un jouet rassurant. Avec l'appartement, les vacances, les meubles, le Scenic était une de nos preuves tangibles. Cela ne comptait pas autant que le remords.

Ses parents manquaient à Valérie. Elle voulait les aider. Elle leur donna sa voiture. Maurice et Mercedes avaient des soucis d'argent dont ils ne parlaient pas.

Valérie s'en voulait d'avoir grandi adulte loin d'eux et de Narbonne. Elle était la Parisienne, différente des siens, elle les cherchait aux vacances ; elle pouvait pleurer de ne plus leur ressembler, comme elle pleurait de me penser perdu.

Valérie morte, notre Scenic deviendrait sacré. Maurice et Mercedes le garderaient toujours. Je l'ai conduit quelques mois plus tard, descendu à Narbonne pour une fête juive. Dans la boîte à gants et les casiers des portières étaient restés des traces de Valérie. J'ai ramassé des factures d'essence et les tickets d'autoroute qu'elle ne jetait jamais. Un jour le Scenic épuisé est parti en dépit des serments, en panne, irréparable et remplacé comme on remplace les voitures. Son toit s'ouvrait l'été.

J'ai su la mort de Valérie boulevard Saint-Germain, au niveau de la statue de Danton, où nous nous donnions rendez-vous jeunes mariés. Je travaillais tout près. Nous avions nos habitudes, deux restaurants russes rue Saint-André-des-Arts qui n'existent plus et deux salons de thé où j'entre encore parfois : on ne sait jamais. Nos cinémas sont toujours là. Un soir, Valérie m'avait attendu en tailleur vert d'eau qui n'était pas de son âge ; Camille venait de naître ; Valérie s'habillait vieille pour se persuader qu'elle était une maman. Mes trente ans ne savaient pas s'en attendrir ; mes soixante ans bientôt ne savent pas me le pardonner.

Les infirmiers de la Pitié étaient chaussés de sabots en plastique, ces Crocs qui jusque-là ne me disaient que nos vacances d'été. Le nez de Valérie avait saigné. Je la touchai, tiède encore. J'ouvris ses paupières. Ses yeux révulsés me refusèrent son regard. Valérie avait des yeux noisette. Je ne les verrais plus.

Depuis ma confusion, la veille à la clinique du Trocadéro, il ne s'était pas écoulé trente heures. J'avais couru une journée après ma femme mourante, et à chaque étape j'avais raté – quelques minutes mon Dieu – ce qui était sans prix.

Quand le Samu avait emmené Valérie, je n'avais pas suivi. J'étais monté dans sa chambre, j'avais ramassé ses vêtements qui deviendraient mes reliques, son sac et ses deux téléphones, ses chaussures, avant de m'en aller.

Dix minutes de perdues peut-être; dix minutes, pas plus.

Valérie était consciente à son arrivée à Bizet. On lui demanda son nom et celui de nos enfants. Elle répondit. Dix minutes plus tôt, dix minutes seulement, j'arrivais avec elle. Je l'aurais entendue. J'aurais chéri ses mots. Le temps que j'arrive, son corps basculait, on l'avait intubée. Son « laisse-moi » serait notre adieu.

Au milieu de la nuit, on l'emmena à Beaujon, à Clichy, je suivais encore. Son foie était rongé. Il fallait une greffe. Beaujon était le lieu. J'acceptais tout cela. Des médecins m'interrogeaient doucement. Prenait-elle du paracétamol ? Oui, énormément, pour ses maux de tête. C'était donc la raison. Je me noyais dans des salles d'attente. Je me souviens d'une jeune femme, voilée, accompagnant son père cancéreux, à qui je demandai, « comment dire à mes enfants que leur maman va mourir ». Elle ne répondit pas. Elle était belle. Pourquoi ai-je vu cela ? Sur le chemin de Beaujon, le BlackBerry de Valérie avait composé le mot « mooooorrrrt » sur l'écran. La molette avait joué dans ma poche ; un *dibbouk*, un esprit l'habitait.

Dans la chaleur de la nuit, j'appelai nos familles.

Valérie est dans le coma. On ne sait pas ce qu'elle a.

Soudain, nous habitions un lieu nommé malheur. Nous nous organisions. On s'adapte si vite. La maman de Valérie, Mercedes, montait à Paris. Ma sœur Myriam, venue passer quelques jours en France avec ses trois enfants, repoussait son retour en Israël. Myriam était veuve depuis un an. Elle était sidérée. *Ça ne va pas t'arriver à toi aussi ?* Elle prendrait un train à l'aube pour ramener Camille, qui fêtait son bac aux Sables-d'Olonne avec ses amis. La veille au soir, Camille, prise dans une dispute sur les croyances orientales, avait envoyé ce texto à sa mère : « Est-ce que la religion shintoïste existe ? » Valérie avait répondu d'un simple « oui ». Notre fille dormait innocente, elle saurait assez tôt.

Théo m'avait attendu à la maison. Je l'avais appelé sans rien laisser paraître. Nous étions encore le père encombrant et l'adolescent secret que nulle tragédie n'était venue lier. Je gardai ma peur à l'abri du mensonge. *Maman va sortir plus tard que prévu, je reste avec elle.*

Quand je suis rentré chez moi, un peu avant l'aube, notre garçon dormait. Il a émergé au matin, frisé et fripé, son destin l'a saisi.

Maman est à l'hôpital.

Elle s'est sentie mal. On l'a endormie. Elle est dans le coma pour que son corps ne souffre pas.

Elle est en danger.

Elle peut mourir. On peut la sauver. Il faut qu'on lui greffe un nouveau foie. Son foie a été détruit par les médicaments qu'elle prend pour ses migraines.

Théo est allé jeter à la poubelle nos boîtes de Doliprane. Ce fut sa révolte et son courage aussi. Le soir, il serait orphelin et dormirait avec moi, dans le lit et l'odeur de sa maman, et le lendemain et le surlendemain encore et ainsi huit nuits, réveillé chaque matin pour aller à la synagogue de la rue des Saules où quatorze ans plus tôt on l'avait circoncis. Le bras cerclé des lanières de cuir que l'on porte en semaine à la prière du matin, ces téfilines que nous avions achetés pour sa bar-mitzva, qu'il n'avait plus mis depuis, il dirait la prière du *Kaddish*, une ode à la vie que l'on récite, juif, en réponse à la mort, qu'un cousin lui apprit, des mots qu'il connaîtrait son existence entière.

Ysgadal veyskadach chemé rabo.

Beolmo di vero khiroussé, veyamlikh malkhoussé veyatsma'h pourkoné vikarev mechi'hé.

Be'hayékhone ouveyomékhone ouve'hayé dekhol beïss Yisroël, baagolo ouvizmane koriv, véïmrou omen.

Magnifié et sanctifié soit le Grand Nom dans le monde qu'il a créé selon sa volonté, qu'il y ait une grande paix venue du ciel et une vie heureuse.

Nous serions devenus de bons élèves du deuil.

- 18 -

Avant cela, quelques heures, nous avions espéré.

Il faut patienter, avais-je dit à Théo. Quelqu'un allait mourir en France, il y aurait un foie, on nous appellerait. Sur Internet, je supputais la survie de ma femme. Si la greffe venait, si la greffe prenait, nous aurions cinq ans. C'était une moyenne. Peut-on revivre l'éternité en cinq ans ? Je somnolais quand on me rappela. La mort avait muté. Il ne s'agissait plus du foie désormais, me disait ce médecin de Beaujon, mais du cœur de Valérie qui flanchait. Il faudrait la changer d'hôpital. La greffe était renvoyée à un futur hypothétique. Nous manquions de temps.

Théo et moi sommes partis à Beaujon. Camille nous rejoignit avec ma sœur Myriam. Nous entourions Valérie du bout de nos doigts. Théo caressait sa mère inerte et intubée. Sa peau était marbrée. Était-ce signe de vie ? Nous lui parlions, devinait-elle notre souffle ?

Valérie ne portait plus ses diamants d'oreilles. Ils n'avaient pas un an. Des vrais diamants, pas du zircon, achetés en Israël l'été précédent. Je les lui avait offerts un soir où nous avions dîné tous les deux, sans les enfants, au port de Tel-Aviv. Je garde de cette soirée la joie d'une rémission.

On m'avait rendu les diamants quelque part dans la nuit, quand Valérie était devenue l'objet de la médecine. J'avais pleuré en les recevant. Ils sont toujours dans mon portefeuille. Je ne les ai jamais sortis de la pochette en plastique de l'Assistance publique, que leur tranchant a déchirée ; ils frottent contre une photo de Valérie souriante et sans méfiance, prise au ministère où elle travailla. La photo s'abîme. Quand je ne trouve pas mon portefeuille – je suis distrait, brouillon et agité – mon cœur s'emballe ; je n'imagine pas la perdre un peu plus.

À Beaujon nous errions entre Valérie et le bureau de Christine, qui dirigeait l'hôpital. Le hasard nous donnait la main. Christine était notre amie et pour Valérie une sœur choisie. Elles s'étaient trouvées dans des vacances en Corse. Elles avaient en commun d'être filles de pieds-noirs, brunes et claniques, injustes d'aimer, violentes si l'on touchait aux leurs. Nous n'étions pas au mauvais endroit ; à Beaujon, chez Christine, Valérie était protégée. Elle n'y resterait pas.

Il fallait transférer Valérie à la Pitié-Salpêtrière pour soutenir son cœur. Une équipe médicale vint brancher Valérie sur une étrange machine. Un médecin me prit à part. Les heures à venir seraient décisives. Si Valérie tenait une journée encore, on pourrait espérer. On la laisserait reposer, et puis on pourrait l'opérer. L'opérer de quoi ? Je ne comprenais rien. Je cherchais des statistiques. Mon épouse a une chance sur deux de survivre, c'est cela ?

Valérie partit pour la Pitié. Nous étions allégés et sans but. Il ne servait à rien de la suivre. Seuls les médecins savaient. Nous allions reprendre des forces. Nous espérions une longue guerre, puis un retour à la maison. Nous lui ferions fête.

Sur le parking de Beaujon, je demandai à ma sœur si pouvais manger une des brioches Pasquier de Valérie. J'étais au régime. Je ne savais plus rien.

Nous sommes allés place des Vosges. C'était une évidence : nous en venions. Le premier soir de notre vie, j'avais embrassé Valérie rue de Béarn, juste à l'entrée de la place, devant les arcades, dans la lumière d'un réverbère. Il fallait que tout commençât là. Mon père Roger, enfant, avait joué dans le square sous la statue de Louis XIII et lui avait consacré le plus beau de ses romans. Enfants du square des Vosges, nous marchions à Kippour avec papa et mon oncle Félix jusqu'à la petite synagogue aux vitraux colorés qu'on nomme « temple des Vosges » et qu'on appelait aussi, parfois, « la synagogue des déportés ». Cette *shoule* tendre s'était vouée aux souvenirs. Chaque année, on y égrenait les noms de nos morts. Valérie et moi nous étions mariés aux Vosges. Théo y avait fait sa bar-mitzva. Elle était notre matrice et nos fins.

Au Kippour suivant, on dirait parmi les morts le nom de Valérie. Camille et Théo l'entendraient sans moi ; pour écouter le *Yizkor*, la prière du souvenir, il faut avoir perdu un parent. Ma mère resterait avec mes enfants. J'ai attendu deux ans, que papa parte à son heure, pour être à mon tour orphelin avec eux.

Nous sommes rentrés chez nous. La famille arrivait. Nous attendions des nouvelles. Je suspendais le temps. Quand la doctoresse polonaise m'a demandé de venir, j'ai pris une douche et me suis rasé de près. Valérie aimait que je me soigne. Je me suis habillé d'une chemise blanche et d'une veste que nous avions achetée une après-midi près du jardin du Luxembourg : je suis allé souvent les mois suivants rôder près de la boutique rue Vavin, en espérant surprendre nos ombres. J'ai allumé la radio de la Peugeot. J'ai entendu une musique triste, que j'ai cru être *La Jeune Fille et la mort*. J'ai insulté Dieu. J'avais compris, il pouvait arrêter la torture.

Le temps que j'arrive, j'avais manqué sa vie.

Le 24 juillet 2009, ayant laissé en paix le corps et les yeux de Valérie, je retraversai Paris, ses terrasses et ses fêtes, une ville chaude et vivante dont elle n'était plus. À la maison où nos familles attendaient, je demandai à Camille et Théo de me suivre dans une chambre et sans rien leur dire d'autre, leur fis répéter après moi : *Barou'h Dayan A-Emet*, et ensuite seulement je leur dit « Maman est morte », et nous fûmes privés de l'innocence. *Béni soit le juge de vérité.* Du salon vint le hurlement de Mercedes dont la fille aînée était morte. Il n'y aurait plus rien d'autre, pouvais-je croire autrement, que cette aberration.

- 19 -

Notre amie Christine habitait un logement de fonction à la Pitié-Salpêtrière. De réveillons en fêtes, nous avions plaisanté ses hauteurs de plafond. Valérie est donc morte à deux pas de chez elle, après être passée dans son hôpital. Christine est allée voir son amie et a eu le mot juste. *Tu n'aimerais pas te voir frisée comme ça.* Valérie se lissait les cheveux comme les noires américaines avant la mode afro. Nous l'attendions longtemps en revenant de la plage. Elle ne se montrait pas avant d'avoir vaincu ses boucles. Elle portait des jupes amples, des débardeurs de coton, elle prenait un pull avant de sortir, elle avait froid l'été à la nuit tombée. *Tu n'aimerais pas te voir frisée comme ça.* Avant de mourir, Valérie avait transpiré.

À l'automne, Christine m'inviterait à déjeuner avec les médecins de son équipe. J'y allai pour entendre ce que je savais déjà mais enfin ? D'une certaine manière ils avaient connu Valérie. Ils me parleraient d'elle et peut-être les écoutant, je trouverais l'idée, on saurait la guérir et elle reviendrait. J'ai parlé ce jour-là de Kathleen à Christine. Je me demandais comment elle supportait mes larmes. *Elle t'aime*, m'a-t-elle dit, et je suppose qu'une part d'elle, plus fidèle que moi, ne pouvait approuver. Nous nous sommes vus encore, les années ont passé, et puis moins désormais.

Christine n'est pas la seule amie que j'ai laissée dériver. Je n'ai pas su, ni voulu, prolonger sans Valérie ce qui existait avec elle. Je n'ai pas partagé son souvenir ; il n'était qu'aux enfants, à moi, à nous trois ? Je n'ai pas plus partagé ma nouvelle existence. Je n'ai pas voulu que les témoins de notre vie, à Valérie et moi, deviennent les comparses d'un couple que Kathleen et moi inventions. J'ai un peu essayé. Les décors me blessaient. Les ressemblances me griffaient l'âme. Les mêmes tables, les mêmes vins, les mêmes chansons françaises que nous entonnions au dessert, les mêmes convives à une exception près : l'épouse de Claude était remplacée par sa jeune compagne. Ce n'était pas possible. Je m'éloignai sans le dire. Je désertai discrètement.

Je n'ai pas pensé que je pouvais aider nos proches qui l'avaient aimée. Je n'imaginais pas qu'à travers moi, nos amis retrouvaient Valérie, et qu'en m'abritant d'eux, je les volais d'une part de chagrin.

Un jour, Laurent qui me fut si proche me parla de son épouse Sophie. Nous avions partagé des soirées, des vacances, des escapades à Deauville ou Honfleur, nos enfants étaient du même âge. Sophie était cancérologue et chantait dans des chorales. Laurent était journaliste.

Entre lui et moi se devinaient des rivalités de garçons. Entre Sophie et Valérie se construisait une sororité qu'atténuait une pudeur partagée. Je m'étais éloigné de Laurent pour des raisons absurdes de politique et d'amitié écorchée. Nos épouses s'en désolaient et maintenaient le lien.

Sophie et Laurent étaient en vacances en Amérique quand Valérie mourut. Sophie avait pris l'avion pour enterrer son amie. L'automne venu, elle se promenait seule à Montmartre les fins de semaine pour penser à ma femme, entre les cafés et les boutiques qu'elles visitaient ensemble. Elle voulait parler de Valérie, me disait Laurent. Pouvais-je appeler Sophie ? Je n'en ai pas eu la force. Je n'avais de courage que pour Camille et Théo ; je n'avais d'élan que pour Kathleen. Peut-être avais-je honte de vivre encore. Peut-être suis-je sans générosité. Peut-être n'étais-je plus moi-même, égaré, en morceaux, fuyant autant que possible une réalité ignoble. Je me dérobai à ma cousine Isabelle, que Valérie aimait, que Valérie écoutait, qui voulait elle aussi me parler d'elle. Isabelle avait dit, au détour d'une phrase gentille, « notre chère Valérie », et ces mots sans malice, qu'on emploie chez nous depuis toujours pour parler de nos disparus, ces mots m'avaient horrifié : ils faisaient de Valérie une morte et plus encore une vieille morte, un passé, et je ne pouvais pas l'imaginer ainsi.

- 20 -

Camille entend encore le cri de sa grand-mère, dix ans après, et l'entendra encore et encore.

Ma fille est une mémoire. Quand approchent les anniversaires, le sien au mois d'octobre, celui de son frère en avril, celui de Valérie le 10 juin, mais aussi la pesanteur de la fin juillet, quand s'approchent les fêtes des mères, fêtes juives, fêtes des autres, quand elle se demande si elle se mariera, quand elle se souvient qu'elle a grandi sans sa mère et qu'elle aura un jour un enfant que Valérie ne connaîtra pas, la tristesse la vole. Camille reste prostrée chez elle à faire venir ses larmes, devant des objets, nos photos, à visionner nos films de vacances. Ils lui rendent Valérie, son amour et sa voix, la voix de Valérie, aimante et cassée, à nulle autre pareille, qui appelle sa fille et lui demande de ne pas me suivre sur une pyramide maya qui domine la forêt mexicaine, au-dessus du vertige.

Nous avions voyagé.

Camille se souvient aussi du soulagement que fut « Maman est morte », le soir du 24 juillet, puisqu'elle n'aurait plus à voir sa mère intubée, sans parole ni vie compréhensible, puisqu'elle n'aurait pas plus à supporter cette comédie de l'espérance dont nous savions la fin.

Camille n'avait connu que les rires et les certitudes. Elle avait dix-sept ans, bachelière et amoureuse, rien ne lui résistait. Sa tante Myriam l'avait réveillée dans ses vacances et prise à ses amis. La peur l'avait saisie et ne la rendrait plus. La peur l'avait travaillée dans le train, dans le taxi, la peur s'était jouée d'elle à l'hôpital devant sa mère intubée et muette, méconnaissable dans le coma. La peur nous avilit. Camille voulait s'enfuir. Ce n'était pas pour elle. Elle n'aurait plus confiance, la vie avait trahi.

Elle grandirait bravement mais longtemps apeurée et bientôt en colère, elle se noierait dans des larmes de petite fille, elle s'emporterait de crises et de cris, de malédictions. Pourquoi Valérie était-elle morte, et pas une autre qui ne la valait pas ? Elles se parlaient tant, sa maman et Camille, mieux que les autres mamans, mieux que les autres filles ? Elle entendrait à la fac des étudiantes se plaindre de leurs mères. De quoi se plaignaient-elles ? Elle regarderait les mères de ses amies et elle regarderait les sœurs de sa mère, aimées pourtant, comme des usurpatrices. Pourquoi vivaient-elles et pas Valérie ?

Ma fille me ressemble. Nos vérités nous commandent. Nous ne les empêchons pas.

- 21 -

J'en ai voulu à mon père d'être resté vivant. J'attendais son trépas et ma femme était morte à sa place.

Papa souffrait dans son corps et son âme, d'une sale chute, d'un cœur usé, d'un Alzheimer qui le volait au bruit d'autrefois, quand il était formidable, intenable, insupportable et drôle, inoffensif désormais : inoffensif à pleurer. *Valérie est morte, tu sais ?* Je m'étais forcé à retourner le voir. En haut des Buttes-Chaumont, je contemplais la place où Valérie s'était garée quand je l'avais blessée. Les yeux de papa se voilaient. Il ne pouvait plus m'aider. Il avait fait rire Valérie depuis le premier jour et elle l'avait aimé. *On va rigoler*, me disait-elle, gourmande, battant des mains presque, quand nous allions le voir. Elle disait *rigôler*, une fille du Sud, comme plus tard elle assombrirait le « ô » des rôtis qu'elle mettrait au four.

C'était nos premiers mois. Elle était sans défiance devant une belle-famille ; nous ne l'avions pas encore érodée.

Valérie avait connu papa avant moi. Roger Ascot était un personnage du petit monde juif, un journaliste et un écrivain d'une communauté dont il aurait voulu être Balzac : il n'en fut pas si loin qu'il s'en attristait. Ses mots ont compté et son nom parle encore aux plus vieux d'entre nous. Je veux relire ses livres. Je dois finir le mien. Valérie aurait pu être un de ses personnages. Une fille juive éperdue de rester fidèle, happée par le tourbillon profane, mais inguérissable d'une enfance de fêtes et de repas rituels, le pain de chabbat que sa maman faisait cuire, les salades cuites, les blettes, et la *dafina* qui était plus une légende familiale qu'un plat récurrent : un pot-au-feu marocain mijoté des heures, qui lestait le repas du samedi midi. Valérie avait quitté les siens pour ne pas étouffer, mais adulte, déracinée, elle en souffrait aussi.

Valérie mangeait cachère pour ne pas « rompre la chaîne », c'étaient ses mots. Quand nous dînions chez des amis, ils cuisinaient du poisson ou des pâtes, ce n'était pas si compliqué. Parfois, ils se trompaient, de bonne foi souvent : comment deviner que la lotte n'est pas juive ? Moi qui mange de tout, j'étais fier que Valérie s'obstinât. D'autres après elle auraient le luxe de trahir. Camille a pris sa suite. Théo mange comme moi, et mon père avant nous : de tout et des moules, du cochon. Les garçons s'arrangent. *On va rigoler.* Oui, elle était un personnage de mon père ; je me souviens d'une Judith, que son amoureux maltraitait avant de s'en vouloir quand son « petit pruneau », disait-il, noire et inflexible, brisée par sa méchanceté, finissait par pleurer ; il l'aimait alors, l'avait-il oublié. Le premier roman de mon père s'appelait *Les Juifs meurent aussi.*

Roger et Valérie s'étaient rencontrés en Israël en 1988 dans un congrès de militants sionistes. Ils étaient de ces juifs qui ne sauraient pas l'être sans ce pays brutal et suave, lointain et familier. Ils menaient ses batailles et vivaient ses fractures. Ils avaient fait campagne pour la paix dans les communautés juives, lui à Paris, un leader national, elle en fac à Montpellier. Il n'était pas malvenu alors d'être juif et d'espérer. Ils étaient de gauche, on n'en discutait pas.

À Jérusalem, Valérie avait dormi avec ma sœur Myriam, qui allait accomplir son *alya*. Myriam est une moqueuse, c'est un trait de famille. J'aime à penser qu'elle fut gentille avec Valérie.

Roger taquinait Valérie en lui parlant de moi. Il avait un fils, elle devrait l'épouser ! Un an après, je la bousculai au Forum des Halles, tout était donc écrit. Le jour de la rencontre, je lui dis mon nom. Elle ne fut pas étonnée. *Tu es le fils de Roger ? Tu es le frère de Myriam ?* J'aurais pu fuir devant tant d'évidence. Je m'y précipitai.

D'Israël, j'aime le goût, une terrasse et le houmous qui dort dans l'assiette, le pain pita d'une boulangerie au bout de Jaffa, les enfants aux papillotes de Jérusalem, les soldates qui pépient comme des lycéennes. J'aime les passés que je sais de mon père et je m'étonne qu'ils soient déjà effacés. Le café Kaffit a disparu de la rue

Dizengoff, cette grand-rue poussiéreuse que les marques ont envahie. Quand il était un jeune Français juif en visite militante, Roger y refaisait le monde. A disparu aussi un restaurant, le New York, au coin de l'avenue Ben-Gourion, où nous avions déjeuné Valérie et moi, en vacances, l'été 1993. Il servait une étonnante carpe farcie chaude, qu'à notre joie ravie, Camille avait dévorée ; elle n'avait pas deux ans.

Une après-midi, cet été 93, Valérie m'avait laissé sur la plage avec notre fille puis avait disparu, prétextant une course, le besoin immédiat d'une bouteille d'eau. Elle était revenue évasive, j'avais compris. Juste avant le mariage, elle m'avait dit, *je dois te dire quelque chose*, qu'elle avait fait l'espionne – un peu, si peu mais quand même – pour les Israéliens ; ce n'était pas son mot, c'était l'idée. On l'avait repérée, étudiante, on lui avait enseigné la filature, un peu de krav-maga, l'art martial de la Terre promise. On lui demandait parfois un service, une vérification. Elle travaillait en banlieue, il s'y passait des choses. Je n'ai rien su de plus, elle ne lâchait rien.

Me laissant sur la plage, Valérie avait rendu compte de je ne sais quel mystère. Quand elle revint, je la taquinai sur sa mission accomplie. J'étais fier comme un paon de l'avoir devinée. Oui c'était bien cela. On n'en parlerait plus.

Ce secret était érotique. Valérie une espionne, Valérie au krav-maga ? J'ai raconté à Camille et Théo orphelins les aventures de leur mère, mais j'en sais si peu. Je me suis demandé si je pourrais toquer un jour à la porte d'un service, à Jérusalem ou à Tel-Aviv, pour savoir si ma femme fut une héroïne d'Israël, ou simplement une juive plus impliquée, plus audacieuse que nous.

L'été 2009, sans Valérie, avec Camille et Théo, j'ai promené mon père Roger aux Buttes-Chaumont. Je poussais son fauteuil roulant. C'était bon de le voir. Papa se prolongeait. Pourquoi vivait-il, si Valérie était morte ?

Ma mère Evelyn se battait pour son homme. Elle avait donc un homme pour qui se battre. Je devais me retenir pour ne pas l'interrompre quand elle le plaignait. On avait drogué papa de somnifères à la la clinique. Elle allait le ramener à la maison. Il reprendrait ses esprits. Je la jalousais. On m'avait pris ma femme sans me laisser la chance d'une longue agonie. Maman avait devant elle des mois et des semaines encore avec son homme, à s'inquiéter des aides à domicile, des infirmiers, des masseurs, à le faire boire et lui parler pour qu'il ne s'éteigne pas. Elle avait devant elle des mois de sacrifice, son dos de vieille dame ploierait quand elle porterait papa trop lourd pour elle, son corps prouverait son amour.

J'enviais Evelyn de vivre ce martyre. Il m'aurait évité de penser.

Barouh Dayan ha Emet, béni soit le juge de vérité. Bénie soit la vérité.

- 22 -

Je ne sais pourquoi me hante la gare d'Auneau, en Eure-et-Loir, un jour de printemps. Valérie est venue nous rejoindre dans cette campagne qu'elle n'aime que pour nous, et me lance son regard le plus noir pour quelques minutes passées à m'attendre – et je ne comprends pas alors qu'elle en fasse une histoire, et je sais aujourd'hui qu'elle avait raison.

Ce n'était pas mon retard qui me rendait indigne mais les priorités que je m'autorisais. Sachant qu'elle arrivait, j'étais allé, quand même, rouler dans la campagne en laissant les enfants à leurs grands-parents, j'étais allé faire du vélo avant que sa présence ne m'en empêche, j'étais allé bien sûr plus loin que raisonnable et j'étais parti en retard à la gare, suant je parie, la laissant patienter – oh, cinq minutes à peine – mais lui disant de toute ma peau que véritablement je ne l'attendais pas.

Cinq minutes seulement, et tout aurait changé, ce jour-là et tant d'autres ; cinq minutes encore et encore cinq minutes à ne pas être là, un peu distrait, à peine en retard, et pour tant de riens, pour d'infimes anecdotes, pour un monde inutile, manquer à Valérie.

- 23 -

Valérie m'était arrivée sans passé apparent. Je savais son parcours, elle me confiait ses déchirures. Mais il me manque des traces, des lettres, des objets, des pèlerinages auxquels elle se refusait.

Valérie n'avait rien gardé de ses jeunesses. Ses poupées et jeux de fillette s'étaient égarés dans des déménagements. Ses livres d'adolescente étaient restés à Narbonne, où sa famille s'était installée quand elle avait seize ans : des Zola alignés sur une bibliothèque en kit, dans une petite pièce à côté du garage, que nous n'avions jamais remontés à Paris et que je n'ose prendre désormais, qui à leur place témoignent qu'elle traversa ce lieu. Nous aurions pu les récupérer pour Camille ou Théo ? Elle ne souhaita pas. Elle évoquait ses pertes à mots retenus.

J'en souffre à mon tour aujourd'hui, et je chéris ses reliques. La carte d'identité d'une adolescente frisée, volontaire, en tee-shirt rayé. Un album photo de jeunesse, un classeur autocollant comme on les prisait dans les années quatre-vingt, dont les photos glissent quand on le manipule : les traits de colle ont séché avec le temps. Valérie l'air décidé fait du ski au mont Hermon, au nord d'Israël. Valérie danse dans un éclat de rire. Valérie s'amuse avec des amis de Paris, invités chez ses parents. Valérie lâche ses cheveux dans une photo un peu floue, elle doit avoir vingt ans. J'apparais à la fin de l'album, un jeune homme pas trop laid qu'elle caresse du regard, et dont, mieux qu'elle, je sais les tourments.

Valérie était née dans l'Oise, de Mercedes née Amsellem, qui était si brune et belle à dix-sept ans, et de Maurice Atlan qui était fort et brave, et qui jeune fumait beaucoup. Valérie se souvenait que son papa avait jeté dehors deux ivrognes qui faisaient scandale dans l'auberge de ses parents, à Mouy, où ils s'étaient installés après avoir quitté Batna en Algérie : ils tenaient à Batna le café de la gendarmerie et avaient anticipé la fuite inéluctable. Maurice était retourné en uniforme sur sa terre natale. Dans sa guerre d'Algérie, il avait failli mourir d'une balle logée dans son paquetage et mérité une médaille, et fait de la boxe aussi.

Mon fils Théo est d'une force incomparable à la mienne. Il la tient de ce grand-père qui lui offrit un jour sa médaille militaire. Plus ordonné que mon garçon, je conserve précieusement le bijou et précieusement la photo de Théo, ruban sur la poitrine, au garde-à-vous à côté de Papy.

Démobilisé, Maurice avait croisé une adolescente marocaine, fille d'une famille hispanophone du quartier français de Meknès. Mercedes avait une tante dans l'Oise qu'elle venait visiter. Ils étaient juifs tous deux et tous deux impatients. Maurice et Mercedes s'étaient aimés sans attendre familles et rabbin. Valérie était née le 10 juin 1965, une poignée de mois après le mariage de ses parents, suivie immédiatement d'une sœur, Patricia, et d'un frère, Daniel. Muriel et Sophie viendraient plus tard.

Maurice et Mercedes s'installèrent à Troyes, où Maurice avait été embauché par un industriel en blanchisserie. J'ai souvent fait du sport avec des tee-shirts blancs floqués du logo bleu de l'entreprise Dubix de Souza, qui fut la modeste fortune des Atlan. En dépit de la peur de manquer, ils firent construire une maison rue des Glycines à Pont-Sainte-Marie, juste au nord de Troyes, dans une commune où poussent désormais des magasins d'usine. Pour payer les traites, Maurice s'en allait de longues semaines installer et réparer des machines à laver dans les pays de l'Est, comme on disait alors, ou au Maroc, en Tunisie.

Longtemps, ils ne prirent pas de vacances.

Valérie bébé, Mercedes l'emmenait au Maroc chez ses parents ; ils possédaient un snack-bar à Meknès, le Mercedes, et un hôtel à Ifrane dans la montagne. Le grand-père de Valérie était un colosse qui, me disait-elle, empêchait ses parents de la punir. Je garde dans mon bureau la photo de cet homme en bras de chemise, qui venait de Larache au Maroc espagnol, et aimait le Real Madrid, et une autre de son épouse Sim'ha vêtue de voiles, espagnols eux aussi. Valérie pensait que son grand-père, au Maroc, avait, comme elle en France, travaillé pour les Israéliens.

En juin 1967, la victoire d'Israël contre l'Égypte, la Syrie et la Jordanie, enflamma le monde arabe. Il fallut en catastrophe abandonner le snack et l'hôtel, et désormais Valérie passa les étés chez elle.

À leur premier Kippour, les enfants Atlan avaient fait trop de bruit pour les fidèles de la synagogue de Troyes, au cœur de la vieille ville ; l'édifice était dédié à une gloire locale, Rachi, maître du Talmud au Moyen Âge, également pionnier de la langue française, qu'il utilisait pour ses commentaires sacrés. Rachi était aussi vigneron : un manuel donc, pas si loin de Maurice Atlan dont la marmaille avait dérangé les dévotions d'une bourgeoisie israélite de Champagne.

Petite fille, Valérie jouait au football dans la rue. On l'appelait « Couetche à prune », elle était frisée et noiraude. C'étaient les années Saint-Étienne. Les Français s'identifiaient à des footballeurs au maillot vert, héros des provinces prolétaires. Valérie admirait spécialement un gamin bouclé des Charentes, qui était allé au bout de ses forces pour marquer un but légendaire contre le Dynamo Kiev.

On m'appelait Couetche à prune et aussi Rocheteau.

Valérie jouait aussi au handball, au TOS, le grand club de son temps. Elle menait le jeu. Sa sœur Patricia jouait gardien. Elle encaissait un premier but et pleurait avant d'entrer dans son match. Les sœurs se battaient parfois. Maurice avait honte dans la tribune. Il redoutait que ses filles finissent par tourner masculines à force de handball. Il venait d'un monde où les adolescentes ne sortaient pas seules dans la rue. Valérie, à l'âge difficile, aurait peur de croiser des amis en compagnie de son père. Quand elle était plus jeune, Maurice partait trop souvent pour que son autorité s'imposât. Mercedes organisait en son absence sa ribambelle d'enfants qu'elle emmenait au sport et à la musique ; elle tenait son foyer cachère et militait au Parti socialiste, lequel en ce temps-là devait changer la vie.

Patricia et Valérie furent finalistes du championnat de France cadettes de handball, qu'elles perdirent à Strasbourg, puis elles quittèrent Troyes. Maurice tentait sa chance à Narbonne : il devenait concessionnaire de Dubix de Souza en Languedoc-Roussillon. Les Atlan furent heureux dans le Sud retrouvé. Avec quelques familles pieds-noirs, ils organiseraient une communauté juive, que je connus bien installée dans un joli donjon au centre-ville. On s'invitait pour le thé et à la fin de Pessah, cette fête où une semaine entière on se prive de pain, l'amie Liliane Obadia cuisinait son couscous au beurre. Il faisait bon vivre au pays du rugby. Seul le handball audois n'était pas au niveau. Valérie passa à autre chose. L'adolescence l'attendait. Elle me parlerait plus tard de filles qu'elle avait connues dans l'Aube, devenues internationale, championne ou coach. Elle aimait qu'on devine en elle une ancienne sportive, par sa démarche nerveuse ou ses muscles toniques. Aurait-elle eu, troyenne, une autre vie ?

Valérie fut narbonnaise. Elle sauta dans le canal du Midi quand elle eut son bac, après avoir chanté *L'Internationale* dans des agitations lycéennes. Elle cassa à coups de pied une porte de la nouvelle maison, impasse de Saintonge, dans le quartier de Razimbaud. Les voisins des Atlan s'appelaient Benarbia ; leur fils Ali serait un brillant footballeur, à Monaco, Bordeaux et Paris. Maurice ne partait plus en voyage et imposait ses règles. La révolte grondait. Valérie devint jeune fille en se tailladant les cheveux. Elle respira, enfin, étudiante à Montpellier. Elle milita beaucoup et s'offrit des escapades à Barcelone, fêtarde mais sage pourtant, ayant choisi l'UEJF, le syndicat des étudiants juifs, pour embrasser la vie. Un jeune homme juif de bonne famille l'aima, qui devait devenir dentiste. Elle renonça à lui. Après la rupture, elle rentra chez elle et partit marcher avec Maurice sans même lui dire un mot. Ils étaient tous les deux silencieux et vulnérables aux tristesses de ceux qu'ils aimaient.

À vingt-trois ans, Valérie laissa l'université pour une formation de travailleur social à Paris, organisée par la communauté juive. Elle habita chez des cousins en banlieue, puis dans un petit appartement rue de la Plaine, près de la Nation. Je la croisai dans une fête où l'avait emmenée un vieux copain des réseaux UEJF. Je remarquai cette fille brune sans oser lui parler. Elle me semblait magnétique et hostile. Elle avait trouvé que je faisais du bruit. Il nous faudrait un autre hasard, quelques mois plus tard, et sa vie serait mienne, et aussi ce que je n'ai pas connu, qu'elle ne m'a pas donné.

Jamais en vingt ans, Valérie ne m'emmena à Troyes. Nous aurions pu, ensemble, avec Camille et Théo, remonter à sa source. J'essayai plusieurs fois. Elle balayait l'idée. Valérie portait le deuil de ses enfances perdues comme nous sommes en deuil d'elle. J'ai dû chercher tout seul. Je ne peux qu'imaginer.

Je suis parti à Troyes quelques jours l'automne dernier, écrivant ce livre, à la recherche de la fillette brune dont j'avais vu quelques rares photos, qui faisait du vélo devant une cité désormais rénovée, méconnaissable, où elle avait vécu avant le pavillon de la rue des Glycines, le hand et le football de rue. J'avais pris mon vélo orné d'un siège de bébé, où j'ai promené mes garçons qui ne sont pas nés de Valérie. Entre Troyes et Pont-Sainte-Marie, j'ai roulé le plus doucement possible pour ne pas effrayer les esprits. J'ai scruté les maisons, le ciel et les trottoirs, et j'ai attendu en vain que roule devant moi le ballon de Couetche à prune. Quarante ans trop tard, que pouvais-je espérer ?

- 24 -

Valérie m'avait écrit un poème dans nos tout premiers mois.

Mon amour est un arbre. À son ombre, j'abrite ma peine et je cache la joie de t'aimer.

Ses vers me sont revenus quand elle m'a quitté. Ils m'avaient attendu.

Mon amour est un arbre, un arbre avec du sang et des veines. À son ombre, j'abrite ma peine et je cache la joie de t'aimer. Sur l'écorce de l'arbre, je grave le nom de l'aimé et l'écorce le garde, éternellement.

Valérie avait vingt-quatre ans, vingt-cinq au plus. Elle se préparait à s'occuper des autres, elle prendrait soin de moi. Elle se passionnait alors pour un vieux juif roumain vivant en Israël, il s'appelait Feuerstein, qui après la Shoah avait inventé une méthode pédagogique à l'intention des enfants rescapés des camps de la mort, auxquels il rendait la confiance et l'envie. *C'est une méthode pour apprendre à apprendre.* Elle était enthousiaste et intarissable. Feuerstein rendrait aussi l'envie aux enfants des banlieues dont elle avait la charge.

Valérie apprenait son métier de travailleuse sociale entre Garges et Sarcelles. Elle travaillait pour l'Œuvre de protection des enfants juifs : une association née pendant la Résistance, quand il s'agissait d'empêcher les petits de mourir. Désormais l'OPEJ aidait des gosses à vivre, qu'ils soient juifs ou arabes, noirs ou blancs de banlieue.

Je suis éducatrice en milieu ouvert.

Elle s'en allait les matins loin de Paris, accompagner des enfants qui faisaient leurs devoirs près d'elle, dans un petit local, quartier de la Dame Blanche à Garges, dans un immeuble dont l'escalier sentait un peu l'urine. Certains jours, Valérie lâchait le terrain pour aller suivre des cours et noircissait des pages sur les ados, *les zados*, et sur Feuerstein encore.

Elle avait l'écriture la plus sage du monde.

Elle m'appelait « cœur » parfois et parfois déjà se fâchait.

L'été 1990, à force de toquer aux portes, elle avait affrété un minibus et emmené les mômes de Garges et Sarcelles dans les pays de l'Est, à peine sortis du communisme. Elle était rentrée maigre au point de flotter en septembre dans sa robe de mariée. Je l'ai rarement connue aussi lumineuse.

Nous avions vécu ensemble le lendemain de notre rencontre. Elle ne possédait pas tant d'affaires à Paris. Nous avions fait tomber le carton contenant sa vaisselle en haut de ma rue. Mon appartement était infesté de souris qui la terrifiaient en gambadant sous son nez sur un fil électrique. Elle se réfugiait dans notre lit dont les lattes du sommier bougeaient, en attendant que je vienne la sauver.

Nous nous sommes mariés à la mairie de Narbonne le 3 septembre 1990, et mariés à nouveau, religieusement, le 11 septembre, à la synagogue de la place des Vosges. Sophie, la petite sœur de Valérie, tirebouchonnait sa robe et agitait ses jambes ; leur maman Mercedes la menaçait de régler des comptes de retour à la maison.

À Narbonne, Valérie montrait ses jambes fines dans une robe aux tons bordeaux. Le soir, on nous avait badigeonné le creux des mains de henné. J'avais offert à Valérie un louis d'or, un napoléon peut-être ; je ne sais plus d'où venait cette coutume, Mercedes y tenait, *on fait comme ça chez nous*. À Paris, pour égayer mes amis, je chantai « Mon amant de Saint-Jean ».

Nous sommes partis à Rhodes en voyage de noces. Je nageais beaucoup et j'ennuyais Valérie à trop lui dire que je l'aimais. Nous avons fait des promenades à dos d'âne. Nous sommes passés par Athènes au retour. Valérie a attrapé une méchante fièvre. La Grèce était en grève, j'ai eu du mal à trouver un médecin. Nous fûmes contents de rentrer à Paris. Le mariage avait installé une solennité sur ce qui était simple. Nous vivions ensemble depuis un an seulement.

Nous nous étions heurtés dans un escalator le samedi 9 septembre 1989. Je portais une veste de soie italienne achetée à Bergame lors d'un reportage, déformée aux épaules par un lavage en machine, : j'étais déjà indigne du moindre luxe. Ma main cherchait dans une poche trop large les tickets que je venais d'acheter à la Fnac des Halles, pour un concert où je comptais emmener une fille croisée la veille à une terrasse, juste avant d'aller au cinéma voir *La Nuit du chasseur* : fille dont le vieux Gilberto Gil scellerait la conquête. Je ne me souviens ni de son nom, ni de ses formes : elle était mannequin, disait-elle.

Les tickets étaient bien dans ma poche. En remontant, ma main avait touché Valérie une marche au-dessus de moi : une brune vêtue d'un short noir en cuir de vachette et d'un haut rouge, qui s'était retournée d'un coup contre ce Parisien qui lui toquait les fesses. Nous avions souri en même temps.

L'histoire était belle. Je la raconterais cent fois dans nos dîners. Je la dirais comme l'apogée d'une courte vie de célibataire, quand en quelques secondes j'avais mobilisé tout ce que je savais des filles, des rencontres et du hasard heureux, quand on sait que celle-là ne doit pas partir ; une drague pour la vie dans l'unité de lieu, de temps et de durée, d'un escalier mécanique qui débouchait à l'air libre juste devant une échoppe Laura Todd Cookies.

Pardon. Je suis désolé. Vous êtes d'où ? De Montpellier, c'est drôle. J'y étais récemment. Je vous offre un brownie pour me faire pardonner ? Que faites-vous mardi prochain ?

J'ai des places pour Gilberto Gil! Et ce soir? J'avais prévu d'aller voir un match de football, ça vous dirait?

Nous allâmes bien à l'Olympia entendre le Brésilien, mais dès ce samedi, le 9 septembre 1989, je l'avais emmenée au Parc des Princes. Le Racing que je soutenais par fidélité filiale fit match nul avec le PSG, qui ne serait mon club que plus tard, quand Théo, mon fils, le choisirait. Valérie portait un jean aux jambes découpées en franges. Elle m'avait demandé comment s'habiller pour le football. J'étais amoureux. Je l'embrassai près de la place des Vosges. J'ai pensé qu'elle était belle quand je l'ai vue nue dans son appartement. Au matin, son menton était zébré de sang séché. Ma barbe naissante l'avait écorchée.

Nous étions synchrones au premier jour de nous. À la fin, il me manqua quelques minutes pour voir tes yeux noisette et entendre ta voix.

- 25 -

Je suis la femme de ta vie, dis-moi que je suis la femme de ta vie ! On a fait quelque chose de merveilleux, c'est le bébé de l'amour, elle est toi et moi. Je veux mourir avant toi, je ne supporterai pas d'être sans toi. J'espère que je ne mourrai pas avant toi, je ne sais pas ce qui se passerait avec les enfants. Tu ne m'aimes plus. Séduis-moi, sois gentil. Personne ne peut me mettre en colère autant que toi. On achète des kiwis, c'est plein de vitamine C. On fait les courses ensemble, attends-moi ! On rentre, tu te souviens qu'on a deux enfants ? Mon Théo est un vrai petit garçon. Je lui parle dans mon ventre, je lui dis qu'on va y arriver. J'ai le nez comme une patate. Je pourrais écrire des scénarios pour la télé, je devine tout. Et si j'ai envie de regarder une connerie ? Tu sais que je n'aime pas le lait, on vit ensemble depuis dix ans et tu ne sais toujours pas que je n'aime pas le lait. On vit ensemble depuis quinze ans et tu ne sais toujours pas que je n'aime pas le lait. Je n'aime pas tellement la viande. Fais-moi confiance, il y a des gens qui payent pour que je leur donne des conseils, et toi tu ne m'écoutes pas. Tu as parlé toute la soirée. Tu n'es plus mon ami. On crie tellement dans cette famille, je suis la honte de l'immeuble. Arrête de conduire par à-coups, même Camille a envie de vomir. Les gens sont vraiment morts quand on ne parle plus d'eux, quand on les a oubliés. C'était bien ce matin. Ne crie pas à la radio, tu as l'air d'un dingue. Tu ne peux pas mettre cette veste, c'est un chiffon de parterre. Quand je pense que j'aime les hommes raffinés. On aurait dû attendre pour faire les enfants, passer plus de temps ensemble. Je veux être une maman jeune pour Camille et Théo. Il n'y a rien de plus beau que deux petits vieux qui se donnent la main. Je pourrais partir avec quelqu'un qui a vraiment envie d'être avec moi, et qui est gentil. Fais un effort, séduis-moi. Séduis-moi. Tu as eu ton permis dans un paquet Bonux. Si tu n'es pas gentil, comment veux-tu que j'aie envie de toi. Je voudrais faire l'amour dans le bain. Camille reconnaît « Piensa en mi », je l'écoutais tout le temps quand elle était dans mon ventre. Ma fille est en train de devenir mon amie. Qu'est-ce que je t'aime. Il faut des cadres pour construire ensemble. Pseudo-intellectuel ! Une nouvelle maison c'est un nouveau mazal. Tu n'aimes pas être à la maison. Tu n'aimes pas la maison. Je veux réussir ma vie, pas réussir dans la vie. Je suis devenue parisienne. Tu m'as coupée de mes racines. Je ne me retrouve plus chez les juifs. Tu ne veux pas venir à Narbonne. Si tu fais l'idiot quand on sort ensemble, je rentre. On ne peut pas passer un moment ensemble tranquillement ? Je veux bien aller au cinéma. Tu mets une telle pression, ce n'est plus un plaisir. Va voir tes parents, va voir ta vraie famille ! Quitte-moi tu pourras aller voir des jeunes, puisque ça te manque ! Si tu me trompes, je te tue et je prends les enfants. Si tu me trompes, c'est que je ne te suffis plus. Je vais mourir avant toi, je le sais. Tu ne te remarieras pas, promets-le-moi. Je ne vivrai pas vieille. Il n'y a rien de plus beau que deux petits vieux qui se donnent la main et qui s'aiment. On est la risée de l'immeuble, on crie tout le temps. Laisse-moi. Je ne suis plus heureuse. Tu n'es plus gentil. Je t'aime. Laisse-moi te rendre dingue. Je te rends dingue ? Attends, pas tout de suite. Tu me fais des frissons partout. Tu es Monsieur plus, tu ne sais jamais t'arrêter. Quand j'avais seize ans, j'ai cassé la porte de ma chambre d'un coup de pied, papa disait que j'étais la moitié de tous ses problèmes. Quand j'étais au lycée, je m'étais coupé les cheveux comme Bowie. Quand on vieillit, il faut faire attention au dessous des bras qui pendent. Tu as un petit cul comme ça. Quand tu mincis, tu rajeunis de dix ans. Tu parles tout le temps à ma place. C'est une diarrhée verbale. Tu ne te rends pas compte. Tu es égoïste. Tu as tout gâché. Quel gâchis. Tout ça pour ça. Je ne supporterais pas que tu meures. Quand je pense que j'aime les hommes raffinés. Tu es beau comme ça. Claude a tellement grossi, on va le rouler à la synagogue pour le mariage. Tu as vu mes dents, ça y est, elles sont droites. Je me sens comme une vieille tellement j'ai mal. J'avais tellement mal, je me suis arrêtée pour vomir sur l'autoroute. Il n'y a rien de plus beau que deux petits vieux qui se donnent la main. Bientôt, j'aurai plus vécu avec toi qu'avec mes parents. On est devenus vieux ? Regarde ces filles, elles ont vingt ans et je suis plus mince qu'elles. On est vieux ? Deux petits vieux qui s'aiment. Les enfants n'auront jamais de scooter. Quand j'écoute la Hatikva, j'ai des frissons. Si on vivait en Israël, je ne mangerais plus cachère. Je mange encore cachère pour ne pas être la première à rompre la chaîne. Camille vivra avec nous jusqu'à quarante-cinq ans. Depuis qu'elle est née, je n'ai plus peur pour moi, j'ai peur pour elle, s'il m'arrivait quelque chose. En Israël, on peut manger des schnitzels sur la plage. J'ai fait un pot-au-feu. J'ai fait de la blanquette. Je n'aime pas le sucré. Les enfants grossissent chez mes parents. Je suis inquiète. Tu te trompes toujours quand tu fais un cadeau. J'adore ma bague. Tu as vu ma robe pour le mariage de Sophie ? Il n'y a rien de plus beau que des petits vieux qui se donnent la main. Ça ne va pas du tout, j'ai mal, je ne peux plus respirer. Ils ont vu que j'étais sportive quand j'étais jeune. Je me suis fait draguer dans la rue. Pourquoi ce n'est pas toujours comme ça ? Ninouche. Ninouche ? Il n'y a rien de plus beau que deux petits vieux qui se donnent la main. Il n'y a rien de plus beau que deux petits vieux qui se donnent la main.

DEUX

- 26 -

Un matin de l'hiver 2017, Kathleen m'a dit en pleurant qu'elle ne voulait pas me quitter. « Tant mieux », ai-je répondu, et j'ai compris qu'elle avait un amant : j'aime ce mot d'avant. Nous étions dans un café où BFM proclame ses nouvelles, où nous nous retrouvions les matins, Léon posé à la crèche en haut de la Butte Montmartre, Octave à la maternelle en face de chez nous. BFM rugissait mais c'était à moi qu'il arrivait quelque chose. Ils venaient de rompre. Ils s'étaient demandé s'ils allaient renverser leurs vies et leurs familles, ils s'étaient dit que non.

N'en parlons plus alors ?

J'étais presque amusé d'une aventure dont je n'avais rien vu, soulagé d'avoir frôlé le pire. J'ai eu du mal à en penser quelque chose. Les jours suivants, j'en faisais des blagues, je l'appelais Pomponette, comme la chatte de Pagnol partie courir le guilledou en laissant son Pompon. Elle ne connaissait pas *La Femme du boulanger*. Je lui montrai la scène sur mon ordinateur.

« La voilà la Pomponette, garce salope ordure ! » J'étais comme Raimu, prêt à faire cuire un pain en forme de cœur ? Kathleen pourrait-elle pleurer comme Ginette Leclerc, l'épouse adultère du boulanger Aimable ?

Raimu était Aimable, je me trouvais raisonnable. L'important était qu'elle ne soit pas partie. Octave avait quatre ans, Léon marchait à peine. J'aurais pu les perdre, ne plus les toucher qu'une semaine sur deux, moins peut-être, et un imbécile les aurait bordés ? Nous l'avions échappé belle. Le reste importait peu. Et qui étais-je pour me piquer de vertu ?

J'avais enfoui en moi mes propres tromperies. Valérie morte, ces histoires étaient des remords dérisoires mais irréparables, que depuis le début je savais trahisons.

Je n'avais pas de théorie sur l'infidélité. On a envie, on est capable ou non, on sait séduire ou pas, être séduit, on sait assumer ou l'on se ronge et le plaisir, l'excitation, n'en valent pas la chandelle, ou peut-être que si ; au bout du compte, il ne faut pas blesser. Ce n'était pas pour moi. J'enviais mes amis aux adultères joyeuses dont ils égayaient nos fins de repas. J'avais voulu moi aussi glousser en garçon, un rite initiatique, séduire et toucher sans scrupule, mais j'étais sans caractère : je n'existais pas en dehors de chez moi. Je n'ai jamais fait mine de partir ; je jouissais entravé, fuyais, dissimulais, méchant comme une anguille, je rompais, je n'étais pas un amant intéressant.

À écrire ceci m'est revenue la peur d'être découvert.

Je n'ai jamais rien avoué à Valérie. Je redoutais sa souffrance et appréhendais sa colère. Je tremblais de la perdre. Auprès de nous des couples survivaient à leurs doubles vies. Ils vidaient leur sac et repartaient dans leurs arrangements. Serions-nous différents ? J'étais un couard et je m'en justifiais ; Valérie fut plus brave et puis elle s'empêcha.

Un jour, Valérie me parla gravement d'une rencontre, un homme qui l'écoutait, s'intéressait à elle, qu'elle voyait souvent, qui pourrait l'emmener, elle en avait envie, que comptais-je faire pour la garder ? Une onde d'angoisse traversa mon âme endormie. Je fus étonné et soumis. J'imaginai un juste châtiment. Une peur me prit. Je n'en fis rien pourtant : j'étais empêché. Je ne savais pas être plus gentil, plus tendre, plus vrai que je n'étais. Valérie me parla à nouveau de cet homme. Je me braquai. Elle me faisait de la peine. C'était à elle de choisir. Valérie est morte sans que je me confesse et sans m'avoir quitté.

- 27 -

À l'automne 2009, nouveau veuf, je déjeunai avec un dirigeant de Disneyland Paris, avec qui Valérie avait travaillé. Il était sympathique. Quelques semaines plus tôt, quand la vie ne faisait aucun doute, il avait organisé à Valérie une visite VIP du parc pour nos enfants, sa maman et des neveux qui me parlent encore de cette journée magique où, grâce à l'ami de Tata, ils ne firent pas la queue. L'ami me donnerait, à moi, après elle, des *Pass* annuels ; je n'en ai pas abusé.

Valérie avait eu des vies qui ne coïncidaient pas. Je l'avais connue éducatrice de rue, puis assistante sociale pour des œuvres juives, dans des quartiers sinistrés. Elle était entrée ensuite à SOS-Racisme, que l'on n'aimait plus comme à ses vingt ans, cela l'attristait. Entre 2000 et 2002, elle avait dirigé la communication de Jean-Luc Mélenchon, encore socialiste, déjà éruptif mais qu'elle savait calmer, ministre délégué en charge de l'Enseignement professionnel. Puis elle avait travaillé à la candidature de Paris aux Jeux olympiques de 2012, organisant les sportifs et montant sur les Champs-Élysées des mobilisations athlétiques ; elle avait filmé Théo pour un clip de la campagne. En juin 2005 à Singapour, le congrès du Comité international olympique avait choisi Londres contre Paris, Valérie pleurait. Elle avait travaillé ensuite trois ans chez Publicis, à décrocher des budgets de communication, avant de rejoindre Manuel Valls. Elle était morte au temps des ambitions.

C'est dans la communication qu'elle avait croisé l'homme de Disney. J'avais eu envie de le voir pour les mêmes raisons qui me faisaient rôder la nuit devant le 17 rue de la Plaine, près de la Nation, où Valérie vivait quand je l'avais connue, ou traîner furtivement à Garges-lès-Gonesse, devant l'immeuble du quartier de la Dame Blanche où, vingt ans plus tôt, Valérie accueillait pour leurs devoirs des enfants de la cité. Forcément, l'air s'était imprégné d'elle et viendrait me parler.

Morte, Valérie n'était pas moins présente puisque je rêvais d'elle. Je cherchais ses traces, peu m'importait lesquelles. Sa vie était forclose mais si peu explorée. Je pouvais découvrir des images, des personnages, d'infimes anecdotes ? Une vieille amie restée éducatrice, Sandrine, me retrouverait des photos de leur voyage de 1990 à Prague et Budapest. Le cinéaste Serge Moati me donnerait les *rushes* d'un documentaire sur la candidature olympique de Paris. Je m'attendrissais de Valérie pleurant à Singapour. « Ils ne veulent pas de nous », disait-elle en parlant de la France. C'étaient mes petits trésors.

Une autre histoire m'attendait.

Pendant notre repas, l'homme de Disney me parla d'une connaissance, un ami peut-être, qui avait aimé Valérie et qu'elle avait aimé, mais était-ce le mot juste ? Ils avaient finalement choisi leurs familles. Mon premier réflexe fut le mauvais. « J'aimerais le rencontrer, dis-le-lui. » J'imaginai une conversation de mari et d'aimant, de presque amant, unis par une femme disparue, que me dirait-il d'elle, que pourrais-je savoir encore ? Je m'écœurai aussi vite, ou bien je pris peur. Pourquoi devrais-je la partager avec cet inconnu ? « Non, ne lui dis rien. S'il m'est antipathique, je serai déçu. » Peut-être l'aurais-je trouvé meilleur ami que moi.

- 28 -

Mes premiers réflexes sont souvent les mauvais. À plaisanter avec Kathleen de son escapade, je me minais et nous niais. Si son aventure n'était que pagnolade, que valions-nous ? « Vous n'accordez pas beaucoup de valeur à votre couple si vous ne marquez pas le coup », me dit finalement Catherine, qui une nouvelle fois me rendit au courage.

Catherine est une psychanalyste de l'école Miss Marple. Elle parle d'elle et des siens autant qu'elle m'écoute. Nous nous racontons des histoires. Dans son cabinet, ses fils adultes et un petit-enfant dialoguent avec Octave, Théo et Léon, entre garçons. Elle a la grâce du bon sens et de la mauvaise foi, qui joue en ma faveur. Elle est juive et de gauche, nous déplorons une époque qui nous a délaissés.

J'ai connu Catherine en 2010. J'étais alors enseveli par ce que je traversais. Je ne savais pas être veuf, père et amant à la fois. Valérie était morte depuis moins d'un an. Le vernis de courage que j'avais montré, au cimetière et ensuite, s'était écaillé. Mes enfants avaient compris que j'aimais à nouveau et ne comprenaient pas comment j'avais osé. Je ne comprenais plus moi-même. Je pleurais à contretemps et noyais Kathleen de mes larmes, mais j'exultais aussi bien en dépit de moi.

Je me souviens d'un déjeuner avec Camille et Théo, eux paralysés de chagrin, et moi gorgé de sève, luisant de dopamine, revenant de chez Kathleen. Nous étions attablés au Relais gascon, où autrefois nous dégustions notre joie de vivre, des salades copieuses surmontées de pommes sautées et de chèvre rôti. Mes enfants avaient perdu la joie et je ne savais pas la leur rendre.

Mais avec Kathleen, le nom de Valérie me brûlait le cœur.

Je ne tenais plus rien.

J'avais pleuré un soir en voiture, débouchant carrefour de l'Odéon où j'avais appris la mort de Valérie. Kathleen avait admis. J'avais refusé d'entrer au Wepler, la première fois que nous avions prévu d'aller au cinéma, saisi devant le guichet par toutes les séances partagées avec Valérie. Kathleen avait accepté. Je montrais à Kathleen un magasin de meubles, rue des Batignolles, en face du restaurant où nous mangions une salade thaïe aux cacahuètes dont elle était friande ; nous sortions de chez elle, nous y retournerions, nous nous embrassions par-dessus la table mais je levais la tête et lui disais : « C'est le magasin préféré de Val, tu verrais chez moi, plein de meubles viennent d'ici. » J'avais dit

« Val », comme on parle d'une vieille copine, pour ne pas crier son nom. Kathleen avait résisté encore ; nous nous désirions.

En mars 2010, un matin perdu, j'appelai Kathleen, après avoir erré rue des Mathurins, près de l'Opéra, devant le Théâtre Michel où le 29 juin 2009, Valérie rayonnait. Cet été commençant, Manuel Valls se lançait dans les primaires socialistes et elle avait organisé son premier meeting. C'était le temps de la politique en famille ; les Valls étaient des nôtres ; nous avions regardé ensemble le Barça triompher en Europe, et jouions à imaginer un avenir, lui plus sérieusement que je ne le pensais.

Dans des films qui traînent encore sur Internet, on voit Camille et Théo, leur cousin Samuel, leur grand-mère Mercedes, applaudissant aux propositions sur l'école d'un Manuel ambitieux et drôle, alors, dont le poil noir mal dompté durcissait le visage. Il était l'ami qui, un mois moins un jour plus tard, le 28 juillet, nous raccompagnerait en voiture, Camille, Théo et moi, revenant du cimetière de Bagneux où nous avions enterré Valérie.

Huit mois après, marchant en automate, j'avais trouvé ouverte la porte du Théâtre Michel et j'étais entré. J'avais fureté en coulisses et regardé la scène, j'avais invoqué le temps, respiré plus fort et pressé mes larmes, exactes au rendez-vous. Je pleurais encore quand j'avais appelé Kathleen qui ne demandait rien et qui m'avait quitté l'après-midi même, me laissant ce viatique : « Laisse-toi pleurer et va voir un psy. »

Éconduit, je fus obéissant. J'avais connu Catherine et j'étais revenu vers Kathleen. Trois semaines de rupture, je lui avais manqué : elle m'avait repris. Je montais à nouveau rue Nollet les matins, ayant acheté un croissant ordinaire et une canette de jus d'orange au boulanger marocain, au coin des rues des Dames et Biot, qui fut un des premiers témoins de notre histoire ; devant lui, nous n'étions qu'un couple. J'avais la clé de chez Kathleen. Rien n'existait que les six étages grimpés l'impatience au ventre, son visage tout juste réveillé que j'apercevais dans l'angle de la porte, et une couche d'air tellement fine où je pouvais respirer l'atmosphère de sa peau.

Kathleen faisait sécher son linge en vrac sur les meubles d'un salon miniature, ils en gardaient une fragrance humide. Elle accrochait des petits sacs-poubelle à la poignée de sa cuisine, d'où l'on voyait les toits de Paris et un bout de tour Eiffel.

Chez moi, je bataillais pour garder propre un monde, je lavais le linge et tenais la maison : cela, je ne trahirais pas. Kathleen lâchait prise comme on sait avant trente ans. Elle lisait et écoutait du rap. J'entendais des sons nouveaux qui enrobaient mon monde, je rangeais mieux mes pleurs, je ne la noierais plus. Je n'étais coupable de la mort de personne, n'y avais-je pas droit ?

Catherine m'avait autorisé l'indulgence. J'y étais préparé. L'égoïsme n'était pas un sentiment inédit. Elle me donnait la permission de me ressembler à nouveau. J'acceptai mon plaisir. Après quelques saisons, ma vie prenant moins l'eau, j'avais poursuivi sans Catherine, pensant que je saurais construire mes familles, fût-ce de guingois.

- 29-

Je revins vers Catherine en juillet 2017, pris d'une nouvelle panique. Parti à la campagne avec Léon, mon plus jeune fils, lui servant son repas sur sa petite table devant la maison, j'avais vu une corde qui pendait à une porte : une vieille corde à sauter que Camille avait usée vingt ans plus tôt. Cette corde me parlait. Cette corde me foudroya. J'allais devenir fou, je n'avais aucun doute ; j'allais devenir fou et parricide, j'allais prendre la corde, la corde me le disait, et avec cette corde j'allais tuer mon fils.

Je tombai à genoux. Je me cachai les yeux. « Tu es fatigué papa », me dit Léon ravi de ma galipette. Il avait éparpillé des pâtes autour de lui. Je détachai la corde et la jetai dans la grange. Et puis, toute la soirée, j'écartai, repoussai, j'enfermai loin de moi un marteau, des ciseaux, un couteau, toutes les armes d'un crime inévitable mais que je devais fuir. Je lavai mon fils, je le caressai, je l'endormis, je me réfugiai dans ma chambre pour le sauver de moi quand la folie viendrait. Je dormis à peine et le lendemain, fiévreux, j'attendis que ma mère arrive, qui devait garder Léon quand j'irais travailler, et lorsqu'elle fut là, sans rien lui dire, je m'enfuis.

Le soir venu, je parlai à Kathleen. Je ne discutais pas ma condition d'assassin en attente, mais je voulais comprendre. D'où venait ma folie ? Léon me ressemblait tant. Était-ce lui que je menaçais ou un autre moi-même ? Me voulais-je tant de mal, que lui ferais-je payer ? Je ne savais pas si je devais me rendre à la police ou au cabanon, si je devais m'interdire mes enfants, si Kathleen me chasserait. Elle devait me chasser ; j'acceptais par avance. Je pris son sourire comme une grâce : elle me dit innocent. Je n'étais pas un monstre, à peine le jouet d'une peur banale que j'aurais dû connaître, ignorant que j'étais.

Kathleen était en analyse et y avait pris goût. Elle se disait qu'elle pourrait un jour passer de l'autre côté du divan. Elle savait des syndromes dont j'ignorais tout. Elle connaissait le mien, elle y avait goûté. Kathleen aussi avait cru qu'elle tuerait nos enfants, et, seule avec un bébé, fermait les fenêtres pour ne pas être tentée. Elle ne me l'avait jamais dit. Elle se confessait dans de jolis rires.

À mon âge, j'en découvrais encore. Nous étions nombreux ainsi, à nous croire capables du pire. On appelait cela une phobie d'impulsion : la hantise d'un geste qu'on ne commettra pas mais dont on se croit capable, et l'on repousse ce qu'on ne saurait faire, jusqu'à l'obsession. Je n'étais pas dangereux, fou peut-être, mais inoffensif. Je ne ferais du mal qu'à moi-même. Kathleen savait et j'étais donc sauvé. Elle me semblait plus grande que moi.

Je revis Catherine pour confirmer ma grâce. Mes tremblements ne l'impressionnaient guère. Non, je ne serais pas assassin. En revanche, je n'allais pas très bien. Qu'y avait-il ?

Kathleen m'avait trompé.

Qu'en avais-je fait ?

Pas grand-chose, à peine des plaisanteries.

Ce n'était pas malin.

Sans doute, mais j'avais peur de la perdre.

Catherine insistait : j'avais eu tort. J'aurais dû quitter Kathleen ou la chasser de chez nous, puisqu'elle avait trahi. J'aurais dû marquer l'inacceptable, pour elle comme pour moi, pour que nous restions libres. En devenant son complice, je nous avais salis autant qu'elle, et pire : j'avais dit à Kathleen qu'elle ne m'importait pas.

Je protestai pour la forme. Catherine m'avait touché. Aimais-je encore Kathleen, ou n'était-ce que la crainte d'échouer à nouveau ? J'avais brutalisé mon deuil et saccagé ma paix pour une femme, et si je la perdais, ma vie serait pliée, je n'aurais plus d'autre chance. Je jouais tenu par cette peur de perdre. Je n'osais plus penser. Aimais-je encore Kathleen au point de me liquéfier, la découvrant libre contre moi ? On simplement manquais-je de force ou d'imagination ?

Je ne concevais pas une vie sans elle. Mais je le savais pourtant, cela m'arriverait. C'était inscrit dans nos vingt ans d'écart, ses regrets enterrés, mes cauchemars rentrés, les hurlements mouvants sur lesquels nous avions bâti, mes mesquineries d'antan, mon égoïsme ludique, Valérie volée de sa vie, Kathleen de sa jeunesse, son corps nouveau que j'accaparais contre toute décence, les nuits tristes et les jours vains qui venaient me hanter, la mort de papa dans ma quasi-absence, des mots méchants, des orgueils, mes enfants pris en otage de mes renaissances.

Kathleen fuirait un jour et ce serait justice.

J'avais enfumé le deuil et trompé le destin. Il revenait à ma porte. Je me cachais. J'avais ri de mon infortune par peur du combat. Je posais à l'homme tranquille, au-delà des mesquines jalousies ? En réalité je tremblais ; d'une colère malvenue, je pouvais précipiter la rupture. Trompé par Kathleen, je redoutais désormais son goût des grands espaces. Elle me faisait peur. La chasser, Catherine ? Autant se suicider. Oui je m'étais soumis. Je ne vais pas bien Catherine, mais ce n'est pas facile, savez-vous ?

Pourtant, il le fallait.

Dans le canapé que surplombait ma psy, j'appris à me battre. Je valais quelque chose, j'avais des droits. Je n'étais pas Raimu. Pomponette était peut-être coupable. J'appris à détester la femme que j'aimais pour me tenir debout. Ce fut assez facile ; je pouvais renaître de la colère des lâches.

- 30 -

Kathleen était mal revenue. La passion lui manquait. Elle avait vécu un ailleurs, il fallait redescendre, elle s'ennuyait désormais, et aussi dans mes bras. Nous étions désemboîtés.

Elle n'avait pleuré qu'un seul jour pour moi.

Je nourrissais des pensées surannées. J'espérais croiser l'amant et le gifler. J'appréhendais le ridicule. Était-il plus fort que moi ? Je sus qu'il m'évitait. Je m'en ravis. Je n'étais pas Raimu car Raimu avait tort. C'est après le retour que le chat Pompon peut souffrir, car Pomponette miaule à la lune et Pompon comprend tout.

« Ce n'est pas facile », disait Kathleen. Non, ce n'était pas facile. Pomponette ne se cachait de rien.

Ça va passer. Je ne sais pas si je vais y arriver. Ça ne part pas si vite. On ne va pas y arriver. Je ne vais pas y arriver. Il faut que ça passe. On n'y arrive pas.

Elle n'y arrivait pas.

J'avais déjà entendu cette phrase.

Dans nos premiers mois, dans notre amour caché, entre mes larmes et l'impossibilité des autres, Kathleen la répétait souvent. *On n'y arrivera pas.* C'était le refrain de nos débuts, quand elle avait peur de poursuivre avec moi. Étions-nous un miracle ou une erreur tragique ? Rien n'avait donc changé.

- 31 -

À l'hiver 2009, au printemps 2010, Kathleen me quittait chaque mois. Tout était trop lourd, mon âge et Valérie, mes enfants. Elle voulait être seule un moment, se donner le temps de sortir et de rire, elle voulait tranquillement faire ses courses au Franprix, disait-elle, sans un homme, sans moi.

Kathleen m'abandonnait au rythme de ses hormones, quand la dopamine la fuyait. Son corps requinqué d'espérance, nous revenions ensemble. J'avais appris à vivre dans ces interruptions. Nous pouvions même en rire.

« Je vais avoir mes règles

— Donc tu vas me quitter. »

Kathleen s'était endormie un soir en murmurant « je te quitte », et le matin au jus d'orange avait changé d'avis.

Elle insistait pourtant. *Je n'y arriverai pas.* Je n'en tenais pas compte. J'avais décidé que sans Kathleen je mourrais. Elle me quittait puis revenait titubante. *Nous n'y arriverons pas.* Je savais exactement quand cette conviction la tenait, à ses yeux plus lointains, son corps tendu, son mutisme soudain. *Je me referme comme une moule.* Je parlais sans cesse et je parlais pour deux. J'étais le Juif, elle était la Bretonne, ma parole l'ouvrirait. Je jouais notre partie, elle jouerait avec moi.

Ses amis me voyaient pour ce que j'étais, une épave. J'amadouais ces vingtenaires, je cherchais des alliés. « Il a déjà posé le papier peint avec quelqu'un d'autre », avait dit un garçon à Kathleen, elle me le répétait, il avait raison. Elle s'entêtait contre moi, *on ne va pas y arriver*, elle s'obstinait contre eux. « Avec lui j'ai quatre orgasmes par jour » disait-elle à un autre garçon, et sachant me plaire, elle me le répétait aussi.

J'allais farouchement : si j'arrêtais, je perdais. Je piétinais les rythmes de mon deuil et saccageais des peines.

Vingt ans après que Valérie m'eut présenté Narbonne, j'avais pleuré dans la cuisine de ses parents. J'étais venu leur dire que je n'étais plus seul. Maurice me posa presque des questions de garçon. Où l'avais-je rencontrée ? Il était mon complice, je l'arrêtai d'un sourire humide. Mercedes ne me fit aucun reproche. Valérie était morte, que pouvait-il arriver de pire ? Elle posa simplement des silences sur ma nouvelle vie. Ensemble, nous parlerions d'avant, de Camille et Théo ; nous parlerions de Valérie et nous partagerions des larmes ; le reste me regardait. Les sœurs de Valérie me détestèrent. Elles m'avaient donc aimé. Chacune avait ses remords, ses raisons. J'acceptai leurs regards plus lourds, leurs chuchotements blessés. Comment leur en vouloir ?

Valérie m'en voulait-elle aussi ?

Des amis gentils me disaient que j'avais le droit de vivre et que Valérie, sans aucun doute, me voulait heureux. « Elle me cassera la gueule à ma mort si elle m'attend là-haut », répondais-je, j'y crois encore.

Au pire de mes larmes, je la provoquais. Que Valérie me regarde, qu'elle contemple ce qu'elle avait fait en partant ! Mais sans elle, nos disputes n'avaient plus de goût. Vingt années de tempêtes étaient retombées. Cette histoire était jouée. Elle avait eu raison. Mon égoïsme n'était plus un argument facile de nos disputes de couple. Il s'incarnait chaque jour, chaque nuit, dans ma vie prolongée, dans Kathleen déjà irremplaçable.

Je fis des rêves flous qui cherchaient un pardon. Dans l'un d'eux, sur un décor de montagne, je portais le maillot noir et blanc du club de Newcastle. Me laisserait-elle vivre sans elle ? Je ne la quittais pas. Valérie était devenue ma Bièvre, une rivière enterrée mais qui coule encore hors de la vue des hommes.

Je me cherchais des frères. Sur Facebook, je correspondais avec un parfait inconnu, papa de deux garçons, dont l'épouse s'était suicidée l'été de la mort de Valérie ; ils étaient de Troyes, comme elle, je devinais un destin. Dans un taxi, j'entendais, d'un frémissement dans la voix du chauffeur, qu'il était comme moi un inconsolé. Dans le métro, je fixais un petit garçon et sa mère, sans comprendre pourquoi tous deux me fascinaient, je saisissais soudain : ils étaient bruns et mats comme Théo et Valérie, et se regardaient du même amour confiant que Théo avait perdu. Je sursautais d'un nom, d'un regard, d'une silhouette. Je savais des mondes que nul ne connaissait.

Son premier jour au basket, j'avais accompagné Théo dans un gymnase près de la rue des Martyrs. Je l'avais vu, de loin, s'appliquer et rater son premier tir, et un autre, et puis recommencer, brave et sérieux ; j'aurais voulu appeler Valérie pour en rire avec elle : c'était le 9 septembre, notre anniversaire, nous aurions eu vingt ans ce jour-là : était-il meilleure journée pour parler de Tistou ? Mais à qui pouvais-je dire désormais que notre fils était beau ?

Je le dis à Kathleen dans un de ces messages fiévreux et illisibles, dont je l'assiégeais sur Facebook. Je me déversais sur elle sans l'avoir encore touchée. À me relire aujourd'hui, dans les archives du réseau social, c'est insoutenable. Elle aurait dû fuir, pourtant elle revenait. Au moins ne mentais-je pas sur ce qui l'attendait.

Un matin, tentant au téléphone de retenir Kathleen qui une nouvelle fois se dérobait, je repoussai d'un geste Théo qui venait vers moi tout sourires toute confiance, au coin des Abbesses et de la rue Lepic, lui faisant signe que je ne pouvais pas parler. Je repoussai au plus profond de moi son regard blessé. « Nos enfants ne peuvent pas être nos bourreaux », me disait Catherine :

ils n'avaient pas le droit de m'empêcher d'aimer. Et moi, quel bourreau pouvais-je être ?

Mes enfants ne se fâchaient pas. J'étais celui qui restait à Camille et Théo, comment auraient-ils pu. Je pris mes amours en otage. J'en fus à peine conscient.

- 32 -

Théo fit la bise à Kathleen un soir du printemps 2010. Avait-il le choix ?

Elle nous avait rejoints à la première d'un film de Patrick Bruel, avec qui je passais des heures à parler comme parlent deux hommes qui se découvrent tard. Nous cherchions les mots d'un livre qu'on lui avait commandé, pour lequel il m'avait choisi comme partenaire et scribe. J'aimais qu'il doute de lui en ne doutant de rien, et Valérie l'eût aimé. Patrick mangeait de la truffe et de la dinde cachère, israélienne, industrielle, comme Valérie l'achetait. Derrière Patrick, ma femme me souriait.

Théo avait presque quinze ans quand Kathleen le connut. Je lui achetai cette année-là une guitare électrique. Il cherchait sa voix et son souffle pour chanter sa maman. Son père lui amenait une nouvelle femme. Il semblait anesthésié.

Je l'avais changé de collège à Noël puisqu'il ne supportait plus, jurait-il, son décor d'autrefois. C'était une erreur. Une sale boîte de bigotes l'achevait avec méthode. Je les détestais avec d'autant plus de rage que je leur avais abandonné mon fils : elles faisaient des coupables commodes. Théo s'endormait chez sa psy. J'étais mécontent et inquiet de ce gâchis. Elle était là pour lui ! Que pouvait-il lui dire ? Sa maman était morte et son père faussement là. Je payais et m'angoissais, je faisais bien les choses. Nous allions en loge au Stade de France. Je croquais encore les miettes de la puissance. Mon employeur millionnaire tapa dans la main de mon fils, *high five*. Je l'ai longtemps détesté pour cela, que Théo ait cru que j'étais de ce monde, que nous ne risquions rien.

J'emmenai Théo aux États-Unis voir Dominique Strauss-Kahn, un politique à l'intelligence rare que ses démons perdraient, qui dirigeait le Fonds monétaire international mais se préparait à prendre la France dans une présidentielle qui lui semblait promise, dont je devais écrire un livre de conquête, que je ne finirais jamais. La sœur de Dominique s'appelait Valérie, chacun disait Valou, c'était une bizarrerie. Il nous fit cuire des gambas, et la pensée me vint que ma Valou mangeait cachère, et n'aurait pas aimé que son fils y renonce si tôt. Théo but du whisky.

Nous allâmes aussi dîner à l'Élysée : les Sarkozy m'avaient en sympathie. J'étais un *luftmensch* chez les maîtres du monde. Carla Bruni joua de la guitare à Théo. Le président lui parla de judo. Il posa pour une photo avec mon garçon. Ces gens étaient gentils et j'étais mal à l'aise. Je n'avais rien à leur dire. Je rêvassais à table. Fut-ce une bonne soirée ? Camille n'avait pas voulu venir. Elle savait mieux que moi que je nous égarais.

Aux dix-huit ans de Camille, en octobre 2009, nous étions partis en Italie, elle, Théo et moi, dans un hôtel bien cher, j'étais encore à mon aise. Valérie était morte depuis juste trois mois. Nous avions erré tous les trois dans Milan et Bergame, que j'avais choisie parce que c'était là, dans une rue pavée, que j'avais acheté, en reportage, la veste de soie que je portais le jour de 1989 où j'avais rencontré Valérie. Je chérissais des raisons que je ne pouvais dire. De retour à Paris, nous bûmes du champagne dans nos coupes en cristal. Les amis de Camille l'attendaient avec son amoureux. Mes enfants n'étaient pas aussi seuls que moi.

De Bergame, j'avais appelé Kathleen. Je lui racontais Camille et Théo, leur courage triste. Théo portait sa grande sœur sur ses épaules. Je voulais qu'elle les aime avant de les connaître. J'avais dans mon brouillard le besoin du bonheur de tous et la détermination du stratège. Si je manipulai, ce fut nécessité.

Théo n'était anesthésié qu'en ma présence. Il avait appelé sa sœur en pleurant quand je lui avais dit que j'aimais une femme. Il m'avait posé la question. J'avais répondu. Camille faisait du ski avec son amoureux. Elle me téléphona ensuite, dans une de ces colères qu'elle ne contenait pas, les colères de sa mère, pour me reprocher ma traîtrise : j'avais délibérément attendu son absence pour mettre son petit frère devant la vérité. Je raccrochai, se souvient Camille aujourd'hui. Je la crois par principe. Je suis hypermnésique et pourtant, j'ai tout oublié de cette scène.

Ce que l'on fait aux autres et à soi oxyde notre cerveau. Je fais des fautes d'orthographe et de grammaire depuis la mort de Valérie. Depuis dix ans j'inverse les s et les t dans mes conjugaisons. *Tu était, j'était, elle étais.* Le deuil a créé ces lésions. Qu'elles mélangent le je, le tu et elle, n'est pas un hasard. Celle que je tutoyais ne peut plus vivre qu'en moi.

Kathleen me quitta en dépit de Théo, ou parce que Théo, parce que la bise et le film de Bruel, c'était trop à la fois. Elle revint cette fois encore. Elle revenait toujours.

- 33 -

Je ne me souviens pas si Camille fit la bise à Kathleen quand elle la connut à son tour, plus tard dans ce même printemps 2010, dans notre maison de campagne. Nous prenions un goûter dans le jardin de derrière quand Kathleen arriva, ayant emprunté la voiture de sa mère qui la poussait à l'aventure. Elle abordait en invitée intruse une maison qu'elle connaissait déjà, où elle avait dormi avec moi, pris des douches et des bains, où elle s'était réchauffée dans un vieux chandail écossais de mon père – mais ce n'était pas encore sa maison, bien la nôtre.

Dans ces jardins, Valérie avait soufflé ses quarante ans et porté d'autres gâteaux, d'autres lumières pour Camille, pour Théo ; elle avait posé enceinte dans un tee-shirt rayé de bleu ; elle avait joué au croquet et lu dans nos fauteuils de jardin en plastique ces romans policiers à couverture jaune que papa conservait avec un soin jaloux ; un jour Roger et Valérie s'étaient tant disputés pour un Agatha Christie disparu – volé, criait papa – que nous étions partis. Nous en rîmes beaucoup.

Kathleen était une conquérante timide et désirée. J'avais décidé que c'était le moment. J'avais convié Olivier, dont le fils Roman était, depuis la maternelle, le frère choisi de Théo. Olivier est comédien et beau. Sa présence solaire allait nous apaiser. Camille ne criait pas. Elle s'était recroquevillée près de son amoureux qui la couvrait de son ombre. Il lui murmurait des consolations.

Bavardant pour que l'après-midi se passe, je ne voyais que ma fille en position fœtale. Le jour de sa naissance, j'avais acheté un chaton en porcelaine qui ne l'a jamais quittée. J'avais pleuré devant son lit en la ramenant chez nous. Je la réveillais quand je ne l'entendais pas respirer. Valérie lui avait trouvé son surnom en la chatouillant sur la table à langer. *Couyou !* Je violentais Camille de vouloir vivre encore. Je ne pouvais m'en empêcher.

Kathleen se pencha-t-elle sur Camille pour l'embrasser ? Camille leva-t-elle la tête pour saluer l'invitée ? Nous l'avions bien élevée.

Kathleen et Camille s'aiment désormais. Kathleen dit qu'elle reste avec moi pour s'occuper un jour des bébés de Camille. Elle le pense vraiment. La vie a plus d'imagination que nous, me dit parfois Catherine ma psy.

- 34 -

À l'été 2010, je conduisis Kathleen, sa mère et une amie à l'aéroport de Beauvais : elles partaient en Sicile, elle allait me manquer. À peine l'eus-je déposée que je cédai à l'envie qui m'avait pris sur la route. Je fis trente kilomètres, au ventre la fièvre des rendez-vous, pour me garer et pleurer un moment devant l'hôpital de Clermont, Oise, où Valérie était née quarante-cinq ans plus tôt.

Juillet était venu. Il serait pour toujours le mois de sa mort.

Cet été 2010, j'emmenai Camille et Théo en Normandie. Un an avait passé. Théo redoublait sa troisième. Camille devait valider sa première année de droit en septembre. Professionnellement, j'avais entamé ma ruine. Après la Normandie, Camille devait réviser à Paris. Théo partait dans un camp de vacances aux États-Unis ; il parlerait anglais et ferait du sport et rirait trop fort devant des enfants riches qui allaient si bien, et puis rencontrerait des filles : l'une d'elles était orpheline ;

il en eut d'autres ainsi avant de rencontrer Leah qui ressemble à ce que nous étions : l'enfant d'une famille fusionnelle, inentamée aux yeux du monde, une famille heureuse où il aime s'abriter.

Kathleen et moi irions en Scandinavie, pour nos premières vacances : qu'aurions-nous à nous dire ? C'est Kathleen qui m'avait suggéré pour Théo l'idée de l'Amérique, et m'avait donné l'adresse du *summer camp*. Je n'avais aucune idée de ces mondes avant elle.

Dans la longère du Cotentin que j'avais louée étaient nés des chatons. Nous adoptâmes Shtreimel, dont nous avions écrasé un frère prédateur en manœuvrant la voiture : nous l'avions doublement sauvé. Il arrivait à point. Petite, Valérie avait eu un chat qui avait mal fini, et adulte n'en avait jamais voulu d'autre. *Vous aurez un chat quand je serai morte.* Nous nous souvenions de ses mots. Shtreimel prit l'habitude de vivre sur mes épaules. En dépit des promesses, il devint ma charge exclusive. Il était câlin, intrusif et affectueux, imprévisible, névrosé et gentil à mon image, adorable aux enfants, capricieux devant sa gamelle.

Le 24 juillet 2010, nous sommes allés à la plage. Il faisait gris. Des baudruches géantes flottaient dans le ciel.

Le soir, j'ai ouvert mon ordinateur et fait défiler nos photos. Valérie souriait sur l'écran. C'était une cérémonie incomplète : jusque dans les années 2000, nous nous étions immortalisés en argentique, sur des épreuves papier rangées dans des albums épais, où l'écriture ronde de Valérie alternait avec mes pattes de mouche. Mon ordinateur ne gardait que les photos, plus récentes, de l'âge numérique : nous y étions solides, prospères, les enfants avaient grandi. Mais à une fatigue de Valérie, les années avançant, à une joue creusée, on pouvait lire la catastrophe en chemin.

Pompéi, Florence, la Corse et la Corse encore, nous sommes bronzés sur le bateau du retour, la République dominicaine, Valérie est amaigrie affûtée coupante, Théo danse la tektonik. Narbonne Paris Israël, Valérie est en maillot de bain. Cuba, décembre 2008, elle a l'air épuisée, nous fêtons Hanouka dans une synagogue de l'île communiste et nous nous étonnons d'y trouver des drapeaux israéliens. Prague, février 2009, elle sourit de noir vêtue, emmitouflée près de moi par moins quinze sur le pont Charles, elle sourit encore au cimetière de la synagogue Vieille-Nouvelle que hante le Golem, elle sourit dans le froid et nous n'aurons plus jamais de vacances.

Le 24 juillet 2010, j'ai imposé silence à Camille et Théo et j'ai fait défiler nos photos jusqu'à l'heure exacte. À 21 h 40, cela faisait un an, nous avions survécu.

Quelques jours plus tard, je laissai les enfants un soir, une nuit et un jour, au prétexte pas faux de rencontrer Strauss-Kahn de passage à Paris. Mais j'allais voir Kathleen revenue de Sicile. Elle m'avait laissé des messages sur ses jambes fuselées à force de nager et la peur que nous nous éloignions. Je roulais vers elle et dans la nuit montai ses six étages comme un assoiffé. Elle avait laissé sa clé pour moi sur son palier.

Le lendemain, je vis Dominique puis retrouvai Kathleen ; je l'emmenai en Normandie. Nous prîmes avec nous l'amoureux de ma fille, un peu embarrassé mais un gentil témoin.

Camille et Théo avaient mis la table quand nous sommes arrivés. Ils étaient sublimes.

J'ai dormi avec Kathleen cette nuit-là. C'était une première fois dans une maison où dormaient aussi mes enfants. Camille et Théo avaient leurs chambres de l'autre côté du salon. J'avais décidé qu'ils ne pourraient pas nous entendre.

Sur la plage, Théo me dit que c'était étrange de me voir tendre avec une autre femme. Je tenais la main de mon fils. *Ça l'est pour moi aussi.* Je ne lui mentais pas. Nous sommes allés nous promener sur des falaises. Nous nous sommes pris en photo tous ensemble. Claude, Camille (et Arthur) et Théo, et cette jeune Kathleen au pull mauve, que Claude n'ose pas toucher en public. Une vérité à venir se forçait dans l'image. Nous avons vu un mauvais film et mangé des sushis secs dans une zone commerciale à l'entrée de Cherbourg. Théo m'a dit que Maman était bien au-dessus de Kathleen. Je lui ai dit que je le savais.

Quelques mois encore, Kathleen dormait chez nous à Paris.

- 35 -

Du 22 rue Caulaincourt, on voyait sur l'autre trottoir, au coin de la rue Tourlaque, l'atelier de Toulouse-Lautrec. Rien n'avait changé dans notre appartement aux plinthes grèges et belles moulures que Valérie et moi avions découvert dévasté, embaumant la poussière, que nous avions chipé à d'autres bourgeois moins rapides, leur passant devant en descendant de la visite pour foncer à l'agence immobilière, puis célébrant de deux verres de vin au 17 Caulaincourt, qui est devenu depuis un marchand de graines.

Nous avions acheté notre maître foyer au printemps 2007 ; une équipe de Polonais gentils et musclés l'avait remis à neuf sous les ordres de Monika, une amie architecte qui semblait une jumelle blonde de Valérie ; l'une de la Pologne catholique, l'autre de l'Aude juive ; toutes deux, Monika, Valérie, ayant construit une vie dans le Paris prospère, toutes deux flanquées d'hommes doués de parole et prenant trop de place à table, qui ne s'oubliaient guère et que malgré tout elles aimaient.

Rien n'avait changé chez nous. Le dégât des eaux du mois de juillet était encore visible, comme si Valérie allait remonter sur l'escabeau en pestant contre moi.

J'avais introduit Kathleen dans mon appartement une nuit, à nos débuts, pour qu'elle le trouvât beau. Elle était repartie aussi vite dans son deux pièces rassurant.

Elle revint en visites admises, petite amie du père.

Son arrivée mit fin à quelques mois précieux, où j'étais en apparence seul au monde rue Caulaincourt avec Camille et Théo. Je pense avec tendresse à cette parenthèse. Nous aurions pu devenir une *sitcom* familiale : un père veuf flanqué de ses deux orphelins réapprend à vivre et les redécouvre, ils vont beaucoup s'aimer et en trois, quatre saisons, ils seront réparés. J'ai été moins patient.

Je réapprenais mes enfants. La dernière année de Valérie avait été une longue solitude. J'étais l'absent des petits déjeuners, des samedis entiers jusque tard dans la nuit. Les ados changent vite. Valérie, en dépit de son épuisement, était leur pilier. Je découvrais un restaurant chinois rue Lepic où chaque mercredi, ils mangeaient tous les trois des plats végétariens ; je n'en avais rien su ; j'y pris des habitudes ; j'avais l'impression de partager avec Valérie le soja et les nouilles sautées.

Tout était à refaire. Camille, Théo et moi avions été les meilleurs des amis, des complices d'histoires, de vélo, de dominos, de rollers, puis j'étais devenu une autorité ludique, un peu perdue, pleine d'elle-même, dont les déceptions polluaient le foyer. Soudain j'étais l'unique.

Je manquais d'écoute et de patience. Je compensais dans une frénésie concrète. J'avais repris en main la vaisselle, les machines, le linge, les courses. Je m'ahurissais de tâches ménagères, j'y concevais une identité possible. Je poursuivais un dialogue intérieur avec Valérie : *tu vois, j'y arrive,* la défiais-je. Je ne suis pas inapte à la vie quotidienne, tu t'es trompée là-dessus.

Mes ruses étaient grossières, elle ne revenait pas.

Je rangeais alors par principe et lavais sans les mélanger le coton, les couleurs et le lin, le clair et le foncé, j'avais donc trois lessives dont une parfumée à l'ylang-ylang que Valérie aimait. J'avais réussi à rattraper des vieux tee-shirts dont la couleur noire grisonnait, grâce à une teinture qu'elle avait achetée. Je faisais de vrais progrès en poulet au citron.

Je mimais les gestes de ma femme. Valérie laissait couler l'eau avant de remplir la carafe. Valérie prenait un ticket au péage automatique. Valérie aimait saupoudrer ses plats de curcuma, qu'elle appelait le jaune. À mon tour je jaunissais mes mains et rafraîchissais l'eau, et priais avec elle, je chassais l'oubli loin de nous.

On peut remplir sa vie de ces petites victoires. Elles manquent de densité. Je ne savais pas bien suivre la fac de droit où Camille ne disait pas qu'elle était orpheline. Elle ne voulait pas se faire des amis, incapable de la joie des étudiants. Les gouffres de Théo me donnaient le vertige. Nous échangions nos désarrois le soir. Avions-nous été tristes, comment allions-nous ? Je les embrassais dans leur lit. La chambre de Camille était constellée de bibelots de fillettes, celle de Théo était un chantier mouvant. Il parlait à sa mère avant de s'endormir. Un jour il cesserait, j'en serais triste. Parfois des cris venaient et des violences. La vie nous demandait trop. Camille et Théo redoutaient mes larmes. Ils prenaient soin de moi.

Camille avait crié dans un métro bondé contre des adolescentes qui écoutaient trop fort leur musique et se moquaient de moi qui réclamais silence. À la maison, elle me conseilla de changer mon lit de place. Je l'écoutai. Je traversai ma chambre. Du mur d'en face, je regardais désormais mes anciens sommeils. J'achetai une bibliothèque pour me donner du cœur. C'était mon nouveau meuble, un meuble seulement à moi, une preuve de vie, une télévision posée à son sommet. Avais-je combattu autrefois au nom du couple, du sexe et des livres, cette idée de la télé dans la chambre! J'ouvrais pour le respirer la porte du dressing de Valérie. Les vêtements étaient bien rangés, comme si rien n'était arrivé.

Le dressing se vidait un peu. Sophie, la plus jeune des sœurs de Valérie, avait récupéré des pulls, des jeans, lui allaient-ils vraiment? Elle était fine comme Valérie, mais son bassin était différent. Nous donnions, mais si peu. Je redoutais de laisser partir un petit blouson, le tee-shirt à la pomme des Beatles que Valérie portait à Venise. Des bijoux fantaisie s'emmêlaient dans les tiroirs. Des rouges à lèvres abandonnés portaient la marque biseautée de ses lèvres. Nous vivions autour de reliques. Théo fumait sur son balcon le soir. C'était son bon moment.

Petit, Théo avait peur d'attraper un cancer s'il respirait près d'une simple cigarette ; il avait pleuré devant nous après avoir osé sa première taffe au collège. À vingt-deux ans, un cancer, un vrai, se logerait en lui, jeune adulte, lui volerait quelques mois de printemps et un moment sa beauté. Ses angoisses d'enfance auraient l'étrangeté des prophéties brouillonnes.

Théo n'avait plus peur à quinze ans, ou ne le disait plus. Mais il se consumait de devoir vivre après Valérie. Il saccageait avec constance l'harmonie d'autrefois. Où retrouver la paix ? Maman était morte, pourquoi se préserver ? Je trouvais des grains de cannabis enfouis dans ses affaires et ses cahiers de classe cachés sous son matelas. Je tempêtais d'angoisse. Je n'avais pas perdu le don d'être horrible. *Tu n'es pas digne de maman. Maman, elle a travaillé toute sa vie, elle n'a jamais laissé tomber.* Il répondait d'un hurlement. Il allait devenir plus fort que moi. Je revenais vers lui, l'embrassais, l'étouffais. Je ne lui permettais pas de me haïr.

J'avais presque tué Théo à sa naissance en ne pensant qu'à moi. Au printemps 1995, je devenais journaliste politique et me gonflais de déjeuners d'initiés, j'achetais des costumes gris et des chemises bleues. Théo était né le 27 avril. Au commencement de mai, je le portais sur un bras quand mon téléphone sonna, un gros portable de ce temps-là. C'était François Baroin, vieux copain journaliste, jeune étoile chiraquienne, en passe de devenir ministre. La conversation m'excitait comme une puce. J'entendis enfin le halètement de mon fils que j'avais pressé contre ma poitrine et qui virait cramoisi. À quelques secondes près ?

Ce même printemps 1995, pour faire bonne mesure, je risquai ma fille. J'avais posé Camille sur le guidon de mon vélo dans une partie de campagne chez mon patron d'alors. Elle avait glissé son pied dans la roue et nous étions tombés sur un chemin de gravillons. Camille avait heurté le sol le visage en avant. Elle était gonflée, violette et ensanglantée. À l'école, sa maîtresse pleura en la voyant le lundi matin. Je partis en reportage. Je ne supportais plus de voir Camille ainsi. J'étais un père fuyard. Quand je rentrai de la Coupe du monde de rugby, il ne restait sur la beauté de ma fille qu'une infime cicatrice près de la lèvre, « qui te rendra plus jolie encore », lui avait promis le médecin. Valérie ne me tua pas.

- 36 -

Théo adolescent ressemblait à Valérie. Il avait ses yeux noirs, le voile rouge de ses colères, sa tendresse éraflée, et au fond de lui la certitude de l'abandon. Je redoutais d'autres ressemblances : une destinée marquée.

Théo avait perdu un œil à l'âge de neuf ans. Un zona s'était logé dans sa pupille gauche : la *macula* était obstruée par du tissu cicatriciel. Il s'était plaint en partant en vacances. Un ophtalmo trouvé près de Chartres avait pronostiqué une tumeur au cerveau, qui seule pouvait expliquer qu'un œil se soit éteint.

Valérie avait pleuré tandis que j'amenais Théo au Wepler voir un Spider-Man, c'était la chose à faire. En vrai, il n'y avait pas de tumeur : juste des cellules mortes sur la cornée, un œil perdu et un soupçon de faiblesse immunitaire, l'idée que Théo attraperait un peu plus que les autres les cochonneries de passage. Valérie devint la vigilante de son hygiène. *Ne touche pas le mur avec tes mains, il est plein de microbes.* C'était en 2004. On lui ferait une ponction lombaire sans rien trouver d'inquiétant. Il souffrait le martyre, je dormais avec lui.

Après la mort de Valérie, j'ai retrouvé dans ses papiers des notes médicales, des comptes rendus d'analyses de Théo, et j'ai repris sa part d'inquiétude. En 2018, Théo touché par un cancer, j'ai alerté ses oncologues et réveillé ses médecins d'autrefois : mon fils immunodéprimé supporterait-il la chimiothérapie ? Le risque n'existait guère en regard de l'enjeu : Théo fut perfusé aux bonnes doses pour nettoyer son corps. Il est revenu depuis à sa vie de jeune homme. Théo est d'une force que même mes tremblements ne parviennent pas à nier.

Théo aime venir chez moi chatouiller ses frères, m'embrasser de sa barbe et vider mon frigo. Nous sommes devant lui, Camille et moi, telle Ma Dalton devant son Averell. *C'est le plus délicat de nous tous, il a besoin d'une nourriture saine et abondante.*

Dans le temps suspendu de l'après-Valérie, Camille couvait Théo. Elle le protégeait de la vie et du deuil et le protégeait de moi aussi. Il ronronnait de tristesse. Ses cheveux ondoyaient, que sa maman aimait saisir à pleines poignées. Quand il était petit, je préférais la sensation de râpe de sa tignasse coupée court, dans un salon de coiffure où veillait un vrai perroquet.

Dans le temps suspendu, juste après Valérie, on assiégeait Camille. Nul ne la protégeait. Sa grand-mère maternelle l'appelait sans cesse, comme autrefois elle appelait sa fille. Camille devait-elle devenir Valérie ? On l'invitait à prendre une place dont elle ne voulait pas.

Elle avait toujours eu le sens du devoir, Camille qui dit oui et accepte les invitations des copines qu'elle n'aime guère. Camille que l'on aime et que l'on envahit.

Camille souffrait d'être souriante. Elle était depuis toujours celle qui allait bien. Théo faisait des bêtises, Camille bavardait. Théo perdait un œil, Camille prospérait. Elle lisait près de nous à la plage quand Théo vadrouillait à la recherche d'un match de foot, de volley. Avait-elle aussi le droit d'être en crise ? À l'école, elle avait cassé les lunettes d'une copine pour plaire à un garçon. Adolescente, se sentant ignorée, elle s'érafla le poignet dans son lit pour que ses veines saignent ; elle se fit peur et arrêta son geste ; elle nous appela. Pouvait-elle nous inquiéter ?

Camille n'atteignait pas le mètre soixante. Elle était belle mais elle devrait adulte éviter de grossir. Valérie se moquait d'elle en gonflant ses joues pour mimer un corps épaissi ; elle-même s'affamait pour ne pas s'éloigner de son petit 38.

Valérie morte, Camille perdit celle qui l'écoutait. Je n'étais pour lui parler qu'un ours maladroit. Elle se crut malade à son tour. Elle ne portait pas la moindre tumeur. Elle fit, avant Théo, du théâtre ; elle partait le soir du côté de Pigalle se mettre en danger dans une troupe d'amateurs, dont le leader avait des airs de gourou. Elle montait vite la rue Lepic pour rentrer rue Caulaincourt. Je restais éveillé pour l'attendre, comme Valérie avant moi. On ne dormait pas chez nous quand les enfants étaient en soirée.

Camille était prisonnière d'un père fourbu et d'un frère éclopé. Savait-on qu'elle aussi pouvait sombrer ? Elle se battait chaque jour. Elle étudiait. Elle portait sa part du monde.

Camille m'en voulut de Kathleen, mais elle fut soulagée qu'une autre me regarde pleurer. Théo me traita de pédophile. Je l'écœurais d'être avec une femme si jeune. Nous nous aimions tant.

Nous étions à nous trois ce qui restait la famille. Il fallait tant de force pour la continuer. Leur donnais-je un exemple en aimant Kathleen ? On a le droit de vivre, cela ne salit rien. Maman était morte et le resterait dans nos éternités. *J'ai rencontré quelqu'un, cela n'y change rien.* Je parle de maman avec elle, vous comprenez, il faut bien ruser pour vivre, regardez-moi ? Regardez-moi ?

Regarde-les.

En décembre 2010, Kathleen se cassa le coude. Elle ne pouvait plus rien porter. C'était une évidence. Je prévins les enfants. Kathleen allait vivre avec nous quelques jours, quelques semaines. Il fallait bien l'aider.

Kathleen vécut chez nous. Elle guérit et partit et elle revint souvent, une nuit et d'autres, des journées, des semaines, et finalement s'installa pour de bon. Dans leurs chambres, Camille et Théo murmuraient sourdement.

- 37 -

À la mort de Valérie, j'avais ressorti d'un placard un peignoir de bain rouge et noir, qu'elle m'avait offert dix-neuf ans plus tôt, à mon anniversaire, le 18 décembre 1989. Nous nous étions rencontrés en septembre. Valérie rayonnait d'un amour tout neuf. J'avais boudé son cadeau : j'aurais préféré des disques, des snoberies. Devenu veuf, cette scène me hantait : la première trahison. Je voulais rattraper ma tiédeur d'alors, Valérie déçue, ma mère lui expliquant que, comme mon père, je n'aimais jamais les cadeaux qu'on me faisait : ces poussières familiales qui allaient recouvrir son éclat.

Je réparai ainsi : je me séchai désormais pieusement de rouge et noir, et délaissai mon autre peignoir, plus récent, de couleur beige, que je prêtai à Kathleen quand elle s'installa chez nous. Camille protesta. Le peignoir beige était aussi un cadeau de Valérie et je l'offrais à une autre, comment avais-je osé ? *Tu dors avec elle dans le lit de maman, tu lui donnes le peignoir que maman t'a offert.*

Moi qui soupesais mes remords, j'étais victime d'un malentendu.

Kathleen se fit sa place sans savoir ce qu'elle provoquait. Elle passait le plus clair de son temps au lit dans ma chambre, les yeux sur son téléphone ou son ordinateur, ne levant pas le regard de peur de croiser les photos de Valérie. Il y en avait tant : Valérie était un dieu lare. Elle nous gardait devant nos miroirs. Je pouvais la voir partout où je passais.

Kathleen venait se nourrir à la cuisine. Elle évitait le salon où les enfants restaient maîtres. Ils enrageaient de la discrétion de l'intruse. La chambre où elle s'abritait d'eux était celle de maman. De quel droit était-ce désormais son refuge ? J'y rejoignais Kathleen sur la pointe des pieds. Un jour, Théo accrocha un sombrero à la poignée de porte. J'en fus glacé. Le sombrero à la porte était le « do not disturb » de nos intimités, à Valérie et moi, que nous avions emprunté à une comédie, *Mon beau-père, mes parents et moi*, où Barbra Streisand et Dustin Hoffman se lutinaient à l'abri d'un chapeau.

Je retrouvais mon fils au salon. Nous allumions la console et jouions à FIFA, comme avant. Il me battait depuis longtemps. Je mimais des gaietés. Nous imitions nos habitudes, nos chansons, sous un regard étranger. Baissions-nous la voix par délicatesse pour parler de maman ? Était-ce d'autant plus étrange et cruel, de ne plus pouvoir parler de Valérie chez elle ? Nous parlions donc. Les enfants apprendraient à raconter leur maman à Kathleen. Elle devrait les aimer.

Kathleen dormit chez nous, elle partit, elle revint. Je respirais mieux quand elle rentrait chez elle. Nous étions à nouveau tous les trois, Camille, Théo et moi, nous ne nous gênions plus. Tout revenait alors, nos cris, ce bruit et ces disputes qui étaient notre marque. *Je suis la honte de l'immeuble*, se désespérait Valérie devant ces hurlements dont elle prenait sa part. Nous étions toujours cette honte splendide.

Kathleen venait du silence. Elle était née d'un couple séparé de mélomanes. Elle avait connu des drames familiaux, ils étaient à bas bruit. Elle était striée de peurs mais n'en faisait pas spectacle.

Elle survivait à nous.

Kathleen avait rencontré mon père à la campagne. Roger l'avait regardée d'un œil circonspect, puis il avait tourné la tête et gloussé, « elle n'est pas très intéressante », impérial et ravi : Alzheimer n'avait pas aboli son droit aux vacheries. Kathleen se souviendrait de lui comme d'un vieil homme drôle.

Kathleen invita au concert Evelyn, ma maman, un dimanche après-midi. Barenboim dirigeait à Pleyel. Il était un ami de son père et l'avait vu naître en 1983, quand il dirigeait l'orchestre de Paris. Je gardai papa en les attendant. « Tout s'est bien passé ? » demandé-je à ma mère à son retour. « Très bien », me dit Evelyn. Kathleen ne répondait plus au téléphone. J'allai chez elle et la trouvai au lit, habillée, le drap jusqu'au menton, tétanisée. Dans le métro du retour, ma maman lui avait déroulé la liste de nos morts, qu'elle sache dans quelle famille elle arrivait, et dans quelle tribu. « Nous, les juifs, nous sommes faits pour la souffrance », avait-elle expliqué à ma nouvelle amoureuse âgée de vingt-sept ans, entre les stations Ternes et Rome de la ligne 2. On en dit des choses, en moins de dix minutes.

Je consolai Kathleen. Evelyn avait des raisons sinon des excuses. Âgée de quatre ans, elle avait été déportée avec ses parents depuis les Pays-Bas. Elle avait échappé à la mort dans les camps. Elle se souvenait de son père, Jacob, battu par un gardien, et se souvenait aussi de sa mère, Anny, frappant Jacob qui ne voulait plus bouger, pour le forcer à monter dans un convoi de la Croix-Rouge qui allait les évacuer de Bergen-Belsen : ils avaient, ce fut leur miracle, des faux papiers d'une république latino-américaine.

Evelyn avait grandi à l'ombre de ce père brisé qui, dans un camp de transit, avait amené sa propre mère au train pour Sobibor où elle fut gazée. Sa maman, Anny, que nos appelions Oma, était née avec la Grande Guerre. Elle avait survécu à tout et à tous, gardée à Amsterdam par une camarilla de gentilles bonnes. Evelyn visitait sa mère toutes les trois semaines. Ce n'était pas assez pour échapper au remords. Mais à Paris elle devait veiller sur son homme, Roger, que sa tête et son cœur et son corps menaçaient de trahir, qu'il fallait laver chaque matin et accompagner de son lit à son fauteuil et du fauteuil à la table, où il contemplait en silence son monde familier.

Evelyn avait eu deux enfants et tous deux étaient veufs. Elle avait cinq petits-enfants, tous les cinq orphelins. Dov, le mari de ma sœur Myriam, était mort d'un cancer en février 2008. Il avait soixante ans. C'était un homme courageux et souvent fatigué. Je pense à lui quand la lassitude me prend ; je suis devenu, comme Dov autrefois, un vieux papa fourbu. Amnon et Noa avaient onze ans à la mort de Dov, Yael sept ans. Nous avions été témoins, Valérie et moi, du désastre qui s'était abattu sur ma sœur. Nous nous demandions si elle rencontrerait quelqu'un : s'en donnerait-elle le droit ? Nous ne devinions pas que l'année suivante, je répondrais à cette question.

Avec Myriam, nous comparions les gouffres de nos enfants. Ma sœur était restée seule. Je la trouvais plus fidèle et plus épuisée que moi. Nous parlions de notre maman que nos vies avaient trahie. Evelyn s'était promis qu'elle serait la grand-mère joyeuse de petits-enfants heureux. Le deuil l'avait vaincue. Evelyn s'en voulait. Elle aurait dû protéger les petits et faire obstacle au mal. Elle s'était persuadée qu'elle était coupable des malheurs de sa famille.

« Je suis tellement bête que je pense que c'est de ma faute », avait dit maman à table, chez moi, Valérie à peine enterrée, devant ses parents dans les limbes, devant Camille et Théo trop assommés pour entendre. Je m'étais fâché et Myriam avec moi. C'était injuste : il lui fallait cette mise en scène pour se pardonner de vivre.

J'expliquai ma mère à Kathleen. Pouvait-elle m'entendre ? Je n'étais pas mécontent de sa mésaventure : un bizutage, un rite d'entrée. Bienvenue chez les fous. Nous étions donc un couple.

Un samedi du mois de juin 2011, Kathleen, venue en simple visite, partit de chez moi mécontente vers l'heure du déjeuner. On ne se voyait pas assez. Je ne me décidais pas à l'inviter à demeure. Je me lassais de sa pression. Ma procrastination la blessait. Une heure après elle m'envoya un message. Elle avait prêté son appartement à un ami en galère, pouvait-elle revenir ?

Elle ne repartit plus. Je lui fis de la place dans mon armoire. Je posai mes vêtements dans le dressing de Valérie. Je prétendais n'y voir qu'un côté pratique.

Kathleen montra patte blanche. Elle achetait pour Camille gourmande des crèmes au café, au chocolat. Elle prit un peu ses aises. Un soir, rentrant avec moi, elle devina que Théo et son ami Théo, les prénoms sont une génération, avaient coupé du *shit* avec le CD qui traînait sur la table. Elle s'agenouilla et renifla le tapis et ramassa une boule sombre de cannabis. De quoi se mêlait-elle ? *Elle n'est pas ma mère.* Mon enfant s'indignait. Kathleen pouvait se révéler plus forte que nous.

- 38 -

Mon papa Roger tomba un matin de septembre 2011. Il se fractura le col du fémur. Evelyn était en Hollande chez sa maman. Un aide-soignant gardait papa ; Hassan l'aimait beaucoup, il était désolé. J'emmenai mon père à l'hôpital de Levallois. De là, il fut transféré dans une clinique à Courbevoie, à l'ombre de la Défense. Roger mourut en banlieue le 27 novembre. Il avait peur de la mort mais il était fatigué. Evelyn lui avait donné la permission de partir. Les mois suivants, elle penserait qu'il ne saurait pas se débrouiller sans elle, là-haut. Elle respira mieux quand mon oncle Félix partit à son tour : les deux frères veilleraient l'un sur l'autre.

Valérie, là-haut, là-bas, se débrouillait-elle sans moi ? Je l'espérais riant avec Roger, avec son oncle Albert, le frère de sa maman, le plus gentil des hommes, qui l'avait précédée de quelques mois. Je la redoutais triste de ma suite.

Evelyn et Roger avaient accompli leur couple. Je les enviais à nouveau.

J'avais manqué la mort de mon père, après celle de Valérie. J'étais parti en week-end au Maroc fêter les cinquante ans d'une amie, dont l'époux généreux avait affrété une équipée au désert où je cherchais ma place, me sentant incomplet en dépit de Kathleen, dont la jeunesse tranchait dans notre compagnie. Je forçais la note et mes chants. Je reçus un appel de ma mère quelques heures avant le retour prévu. Kathleen me caressa. Elle serait donc la femme qui me consolerait de la mort de mon père.

Ce n'était pas cela que j'imaginais avec elle. Tout me semblait étrange et malaisé.

À l'enterrement de papa, je récitai un poème, qu'il avait écrit pour son père, casquettier au pouce large, mort juste avant mes quatre ans.

J'ai aimé mon père et je n'ai pas su le lui dire.

Pour la seconde fois, j'embrassai un corps inerte pour toujours ; la joue de papa était un peu râpeuse, comme en mon enfance quand sa barbe repoussait.

Il me revient l'odeur des matins de rasage, une eau de Cologne, des petits cotons sur les coupures de sa peau.

Pour la seconde fois, dans un cimetière, j'ordonnai des mots aussi justes que possible.

Il faisait froid à Bagneux. Valérie me manquait. Je cherchais Kathleen du regard ; j'avais besoin qu'elle soit là et ne fût pas blessée. Elle s'était cachée à l'arrière de la petite foule venue prendre congé d'un vieux juif de Paris qui avait espéré. On parlait d'une histoire qu'elle n'avait pas connue. Elle n'osait pas prendre la lumière à l'enterrement du père de son homme. Les parents de Valérie étaient revenus dans ce cimetière parisien où depuis plus de deux ans reposait leur fille. Après les discours et la prière, les pelletées de terre, je vis Théo aller vers Kathleen et la conduire près de ses grands-parents. Mon fils était plus ferme et généreux que moi.

Quelques jours plus tard, nous sûmes que Kathleen était enceinte.

Camille prit rendez-vous chez une psychologue pour être certaine qu'elle aimerait le bébé.

- 39 -

Kathleen n'imaginait pas être maman chez Valérie. Son ventre bientôt rond imposait une évidence. Nous mîmes en vente nos appartements. Je retrouvai le rituel des visites. Nous avions souvent déménagé avec Valérie. Parfois je croisais une connaissance d'autrefois dans une agence immobilière : il fallait expliquer. Notre programme était simple. Vendre nos anciens murs. Trouver un appartement pour Kathleen et moi, et le bébé, et Théo trop jeune encore pour m'échapper. Acheter pour Camille son premier appartement. Je ne vivrais plus avec ma fille.

Elle n'avait que vingt ans. *Camille vivra avec nous jusqu'à ses quarante-cinq ans.* Dans notre vie première, Valérie était sérieuse même en plaisantant. Nous étions si bien tous les quatre ! Tout avait changé. J'avais construit une vie qui expulsait Camille. Elle allait se sauver. Elle était assez grande. Catherine ma psy m'avait rassuré : nous avons réussi quand nos enfants nous quittent et savent vivre leur vie. Comme souvent, je faisais mine d'y croire. J'allais donc réussir ma fille en ne la voyant plus dormir.

Je me disais qu'après tout, j'avais vécu seul à dix-neuf ans, et au même âge Valérie était partie seule étudier à Montpellier. Nous hésitions pourtant. Rester tous ensemble, acheter très grand ? Nous marchions dans Paris, Kathleen, moi, les enfants. Nous devenions une famille dans cette nouvelle quête. Nous trouvâmes finalement un appartement pour Camille à Lamarck-Caulaincourt, et pour nous sous la rue des Abbesses. Je conservais mon quartier. Après les vacances tout serait accompli.

Je vidai ma cave. S'entassèrent dans le hall de la rue Caulaincourt les dessins de maternelle de Camille et Théo, des peluches retrouvées. J'achetai d'immenses bacs de plastique. Je ne voulais rien jeter.

Je donnai des meubles à Emmaüs.

Jadis, à chaque déménagement, les enfants et moi prenions congé de nos foyers en jouant au football dans les pièces vides, avec une balle en mousse. Ce temps était passé. Avant de remettre les clés au jeune couple qui serait heureux chez nous, Camille et moi avons nettoyé une dernière fois notre grand appartement. Il avait été deux ans l'écrin de Valérie, et puis un chaos, un amour fêlé. Avant de partir, je suis retourné dans ma chambre. Je me suis couché sur le sol, à l'emplacement exact de mon lit autrefois. J'ai tourné la tête vers la droite, là où j'aurais dû trouver Valérie. Je laissais aux rambardes des fenêtres les pots des géraniums qui ne lui avaient pas survécu. J'oubliai aussi de prendre la chaise de jardin pliable que Théo sortait pour fumer sur son balcon.

Sur le parquet de la chambre de Théo était resté un cœur qu'il avait dessiné au Tipp-Ex, un jour lointain d'engueulade, qu'avait-il bien pu faire, que lui avions-nous fait ? Sous le cœur, Théo avait écrit ceci : « J'aime (quand même) ma famille. » Et dans le cœur nos initiales : T C C V.

- 40 -

Octave est né le 12 août 2012. Il serait Octou, Pouche, le Pouche, Monsieur Pouche, Pouchtrou, Choubiniou, il s'inventerait des histoires, courant après les grands au square comme s'il était de leur bande, il tomberait souvent, il était tellement fragile et blond. Il finirait par pousser en muscles longilignes et se dit désormais footballeur. Il appellerait « Rara » le casque de moto de son grand frère Théo qu'il aimait plus que les autres, Théo auquel, de guerre lasse, surmontant les histoires d'accidents d'adolescents de Narbonne que Valérie m'avait racontées, j'avais acheté un scooter. Dans la logique d'Octave, Théo devint Rara à son tour.

Léon est né le 1er février 2015. Il serait Chtrapsou, Lélé, Pomme-Poussin et Zouzou l'asticot, un brun malin, dessinateur, séducteur dans les hoquets de rire, et libre de l'angoisse qui tenaillait son frère.

Nous nous étions demandé comment dire à Octave ce qui l'avait précédé. J'avais repoussé les questions impossibles. Aurais-je préféré que Valérie vive et qu'Octave ne soit pas ? Ou sa mort était-elle réparée, dont j'avais fait un garçon ?

Octave était l'enfant d'après. On n'échappe pas à ses circonstances. Je pris le parti de ne rien lui cacher. À ses deux ans et demi, il savait nos histoires. Je lui avais tout dit, quand nous explorions nos quartiers, lui sur mes épaules, moi chantant son nom, lui apprenant à voler les bonnets de laine sur les têtes des passants, et puis lui expliquant qui nous étions. Il n'avait pas la même maman que Camille et Théo, Valérie était morte parce qu'elle était malade, morte signifie qu'on est parti mais ce n'est pas de votre faute. En promenade, je lui montrais mes anciennes maisons.

Rara n'était pas encore né, tu habitais ici avec Camille-Couyou et la maman de Camille et Rara qui s'appelait Valérie et qui est morte, elle était malade et elle ne l'a pas fait exprès.

Octave s'inquiétait des mamans qui meurent. La sienne allait bien, vraiment bien. Il me demandait qui j'aimais le plus au monde, je répondais « mes enfants », il insistait : n'avais-je pas oublié de dire « Valérie », que je chérissais avant tout ?

Tu la chéris plus que tout.

Savait-il que je l'appelais ainsi autrefois, « ma plus chérie » ? M'entendait-il parfois invoquer Valérie ? J'essayais de murmurer ce que je ne pouvais taire.

Théo aimait son petit frère mais ne savait comment le prendre. Me voir père à nouveau, mais avec une autre femme, l'angoissait malgré lui. Octave l'aimait d'autant plus. Les bébés sont des conquérants. Ses empathies débordaient Octave. Son petit corps convulsait de ne pouvoir contenir toutes les peines du monde. Il était l'enfant qui répare les autres. Je l'admirais et l'aimais. Je me demandais ce que je lui faisais.

En 2014, Théo, le bac en poche et le théâtre au cœur, fut installé à son tour dans un appartement à lui, dans la même rue que Camille. Valérie leur avait tant dit qu'ils devraient, la vie entière, s'aimer et être proches, plus proches l'un de l'autre que de n'importe qui. Je méditais Jules Renard et son Poil de Carotte. *Tout le monde ne peut pas être orphelin.* C'est par l'héritage de Valérie que nos enfants étaient à l'abri. Ils me manquaient. Je les harcelais, les happais de cafés, de déjeuners en bas de chez eux. Ils ne m'en voulaient plus, ou ils faisaient semblant.

Théo manquait à Octave. C'était son premier vide. Le voir chanter et rire pouvait tordre le cœur. À la plage, il avait peur de l'eau. Quelques mois encore, il serait adulé à son tour par Léon le joyeux. Octave était né dans un monde d'adultes ébréchés ; Léon arriverait dans une famille reconstruite, conçu pour que son aîné ait un frère : une normalité.

Kathleen à nouveau enceinte, nous avions quitté les Abbesses trop chères pour mes salaires bricolés, puis emménagé rue Christiani au métro Château Rouge, dans un quartier que je connaissais si bien.

Nous étions à trois cents mètres à pied du 9-11, rue du Chevalier de La Barre, où je vivais avec Valérie à la naissance de Camille, dans un immeuble posé à flanc de butte sur un chemin pavé sorti d'un décor de cinéma, aux murs si fins qu'on sentait le vent et le froid en posant la main sur le crépi du salon. L'immeuble avait tenu, je l'aurais cru vingt fois écroulé. Je croisai une voisine d'alors aux cheveux devenus gris, qui étaient autrefois noirs de jais, quand elle était la compagne d'un beau vieillard d'humeur farouche ; il était décédé ; j'étais devenu à mon tour, non plus le jeune marié, mais un amoureux vieux.

Retrouver ce quartier nourrissait mes rêveries. Je me souvenais qu'un jour Valérie m'avait dit que le primeur chinois de la rue Ramey était vraiment bon ; il l'était en effet, il n'avait pas bougé. Nous allions devenir, Kathleen et moi, ses clients fidèles. Valérie prenait son café les matins au coin des rues Christiani et Poulet, en face de ce qui est devenu chez moi ; le bistro tenait encore, devenu chinois. Tenait également le soldeur en maroquinerie dont la vitrine et ses grands panneaux l'amusaient. « La boutique est moche, d'accord ! Mais nos prix !!! La qualité de nos articles !!! » Ils étaient toujours là, nous pouvions rire encore. Je reconnus une pharmacienne que nous avions jadis devinée juive. Elle ne se souvenait pas de ma femme. Je fus un peu déçu.

Léon fut inscrit à la crèche israélite, comme Camille et Théo autrefois. Elle était le cadeau à Montmartre d'un enfant de la Butte devenu millionnaire, le publicitaire Marcel Bleustein-Blanchet, copain enfant de Jean Moncorgé-Gabin ; sa crèche servait le quartier sans faire le tri des enfants, mais l'on y mangeait cachère et chaque année en décembre, c'était Hanouka que les enfants fêtaient, allumant des bougies, recevant des cadeaux.

Au temps de Camille et Théo, une Madame Katz régnait sur la crèche, superbe femme qui pendant la guerre sauvait des enfants, et qui depuis protégeait les marmots de la possible incompétence de leurs parents. Elle pouvait d'un mot nous faire sentir coupables pour une sieste manquée, un vaccin négligé, un pédiatre mal choisi. Valérie la craignait en riant. Madame Katz avait cédé la place. La nouvelle patronne s'appelait Véronique, que nous avions connue nounou en combinaison blanche. Elle était enceinte quand Valérie attendait Théo. Véronique était généreuse. Elle m'aimait et tous les miens, grands et petits, au présent au passé, morte et vivants, vivante : elle se souvenait de tout et elle aima Kathleen.

Au-dessus de la crèche, au sommet de la Butte, je retrouvais un square au faux gazon en pente, où le soir le soleil s'attardait : deux générations de mes enfants y auraient donc joué.

Passant avec Octave puis Léon rue du Chevalier de La Barre, j'envoyais au vol (j'envoie encore) un baiser de la main en direction du quatrième étage du numéro 9-11, pensant que Valérie saurait le recevoir, ici ou naguère, elle trouverait le moyen. Je masquais mon geste à mes petits garçons, et le masque toujours : ils savent suffisamment les fantômes.

- 41 -

Kathleen m'a trompé à l'automne 2016. Quand elle m'en a parlé a commencé la torture des doutes.

Je ne vais pas y arriver. Elle disait et disait encore. Et encore. Et encore.

Elle ne me touchait plus.

Je n'avais pas pensé être remis en cause. Je pensais avoir construit. Nous avions eu deux garçons, deux appartements déjà, des canapés azur de chez Ikea, des vacances et des rites, un âne Trotro en peluche que Kathleen avait commandé pour Octave. Nous existions enfin ! Mais nous étions une bulle. Nous avions peu d'amis. Notre socialité rétrécissait comme peau de chagrin. Kathleen s'amusait loin de moi. J'avais lutté, j'étais épuisé. Tout ça pour ça ? Rien n'était plus acquis et Kathleen dérivait.

Je n'y arrive pas. Chaque matin chaque nuit je la savais ailleurs. Je la houspillais de ne pas guérir. *Je n'y arrive pas.* Mon avenir dépendait de ses affres. *Il me faut du temps.* Je n'avais plus le don de subir. *Je ne vais pas y arriver.* J'en vins à la haïr. Non pas de m'avoir trompé, la belle affaire, mais de me forcer à vivre sous la menace.

Un jour de printemps, en 2017, Kathleen me dit que finalement elle allait me quitter. Je l'insultai. Elle était tournée sur elle-même, obsédée de son droit et de ses foutaises, sa passion, sa liberté, son histoire d'amour à la con, elle et encore elle, elle se foutait des dégâts et de quel droit, elle était d'une génération sans structure ni devoir, narcissique, complaisante, se mirant à ses convulsions intimes, et au nom de quoi, comment oserait-elle, croyait-elle vraiment que j'accepterais de perdre mes garçons ?

Nous nous promenions à la campagne ; Octave et Léon jouaient près d'une ancienne gare qui longeait un chemin dans les champs. J'avais les larmes aux yeux. Vous voyez Catherine, j'ai su crier aussi.

Kathleen ne partit pas. Quelques semaines après, je regardais la corde qui pendait derrière mon fils. Je revis ma psy, je cultivai ma colère, et pour avoir la force de sauver mes garçons, je m'employai à détester leur mère.

Ce fut à contretemps. Kathleen se désarmait. Elle avait finalement accepté son retour, mais je n'étais plus là. Je lui en voulais à retardement. J'étais désormais tatillon, écorché, aux aguets, vieillissant en barbon. Je la couvrais de déclarations impatientes. Mon désir était une impuissance. Je calculais mes gestes. Le temps s'était vengé.

Nos vingt ans d'écart avaient été, au début de nous, un étonnement miraculeux. Mon corps était intact.

J'appréhendais dans nos embrassades que bientôt Kathleen serait plus forte, et qu'avec le temps la vigueur serait sienne ? *Tu es tout petit*, me disait-elle en m'enlaçant. La fureur de revivre soutenait mes muscles et mon âme.

En chemin vers la soixantaine, mon âme s'oxyda et mon corps s'amollit : elle m'avait dépassé. J'étais moins dense et plus épais. Je laissais aller mes chairs et ma fatigue. Elle se sculptait dans ses régimes. Fortifiée de thon au citron et des carottes râpées qu'elle mélangeait avec une ferveur appliquée, elle me dominait de son éclat. Kathleen semblait une étudiante. On me disait plus souvent, au square, que j'étais le grand-père d'Octave et Léon. Je tremblais qu'ils entendent. Je sublimai pour eux.

« Qui a le papa le plus gros ?

— Moi ! Moi !

— Qui a le papa le plus vieux ?

— Moi ! Moi ! »

Je sentais sur nos jeux le regard de Kathleen. Elle n'était pas dupe de mes enfantillages. Je la rabrouais d'autant plus pour repousser la peur. On n'est pas odieux quand on est sûr de soi. Bientôt la fatigue recouvrirait mes regrets, et Kathleen près de moi semblerait un souvenir, pourtant charnelle, pourtant aimée.

À la rentrée 2017, je fus engagé dans la matinale de France Inter, convié à reprendre la revue de presse, exercice sublime et daté à la fois, tant la presse s'étiolait ; son déclin rencontrait ma désuétude. J'étais le prêtre d'une religion émouvante et menacée, la lecture des journaux, dont les adeptes s'éclipsaient. Je me réveillais vers 2 heures du matin dans notre maison noire. Kathleen dormait. Elle se levait seule désormais avec les garçons. Je cessai d'être une habitude dans nos petits matins. Un an plus tôt, elle vivait la passion d'un autre et puis divaguait. À mon tour, je m'étais exilé.

Le soir, je bâillais, j'étais translucide. Elle ne supporterait pas deux saisons de matinale, dit-elle d'abord, elle n'en supporterait pas une troisième, dit-elle ensuite, et finalement elle ne dirait plus rien ; elle s'était arrangée de mon retrait. Elle préservait une vie dont je ne pouvais être. J'avais renoncé à la haine. Cela m'épuisait trop et n'avait pas de sens. Nous nous aimions toujours, cela engage à quoi ? Elle pestait d'éteindre la lumière quand sa génération, ailleurs, vivait et veillait tard. Elle me prenait pourtant dans ses bras et puis se retournait : une couche-tôt dans l'âme.

C'était un mot de passe.

Je suis la seule trentenaire avec qui tu pouvais vivre, qui n'aime pas sortir le soir et qui lit dans son lit.

Lectrice et fatiguée, vaguement asociale, elle était faite pour moi. En réalité, elle savait rire et bouger, cela lui manquait. Elle s'autorisait parfois des soirées techno, une boîte, un enterrement de vie de jeune fille, une escapade à Berlin. Cela l'ennuyait moins qu'elle le prétendait. Elle me disait qu'elle rentrait la première à l'hôtel. Je la croyais volontiers.

Kathleen avait sa vie. Sa psy à elle, deux fois par semaine, qui l'épaulait avec constance. Et quinze fois par jour, jusque dans mon sommeil écorché du *buzz* qui signalait un message, des discussions sans fin sur WhatsApp avec des amies qui mettaient leurs couples à plus rude épreuve qu'elle, que je figurais comme les tentatrices : celles qui sont allées voir ailleurs et campent encore loin de leur homme. Finalement, Kathleen était une sédentaire. Il ne lui avait fallu qu'une aventure pour faire le tour de l'interdit. En étais-je certain ?

- 42 -

Au printemps 2019, Kathleen me dit qu'elle écrivait un roman et puis m'en dit le sujet. *J'écris sur une passion.* Je le pris contre moi. Je fus choqué, hostile, déconfit, caustique, hautain, cafard, pleurnichard, geignard et menaçant, jaloux tardif, bourgeois offusqué. *Comment peux-tu me faire ça ?* Même dans un roman, les mots portaient un temps de vérité. Kathleen, en écrivant, nous faisait basculer. Cela me terrifiait.

Elle écrivait pourtant. Comment l'en empêcher ? On n'interdit pas la jeunesse. On n'empêche pas l'écriture. Je connaissais Kathleen. Nous avions les mêmes armes et les mêmes envies, mais la sienne jaillissait neuve. C'était son tour d'écrire, disait-elle. J'apprenais la violence de l'égalité. Je n'avais pas été élevé ainsi.

Quand mon père Roger écrivait ses romans, Evelyn ma mère les tapait ; elle était devenue dactylo en sabordant ses études pour vivre avec lui. Papa traçait dans la fièvre des armées de mots minuscules, que maman déchiffrait en soldate et transformait en tapuscrit, en cinq exemplaires, glissant les feuilles blanches alternées de papier carbone dans le rouleau d'une machine mécanique. Quand j'écrivais, Valérie qui n'écrivait pas me faisait de la place. Je trouvais ça naturel. Elle avait d'autres dons. Je n'aurais jamais su apaiser des adolescents, ni regarder dans les yeux des familles en détresse et leur dire oui ou non. Ma femme savait les êtres, je n'avais que des mots. Je laisserais plus de traces écrites qu'elle, aurai-je plus compté ?

Roger et moi étions de l'écrit. Kathleen est de chez nous. L'espèce des écrivants, qui attend qu'on la laisse marcher ; qu'on l'épaule, qu'on l'aime pour son art, qui en doute pourtant : ai-je le talent, serai-je capable ?

Il y a vingt ans, Kathleen était lycéenne. La croisai-je un jour, allant à la Fnac, elle sortant de Condorcet près de la gare Saint-Lazare, ou bien dans ce XVIIe arrondissement où elle habitait avec sa maman près de la rue de Lévis, une gentille artère où la bourgeoisie fait ses courses, que Valérie aimait pour son air de province, mais ni les enfants ni moi n'aurions envisagé de descendre de Montmartre.

Au printemps de 1999, je terminais le livre que j'ai le plus aimé. J'avais passé quatre ans à me promener dans une France étrange, aussi loin de moi que je pouvais penser. Je partais les fins de semaine aux fêtes et banquets du Front national ; je discutais avec ses militants agressifs et fragiles, émouvants de croire, odieux de ce qu'ils pouvaient croire : des éplorés fragiles mais racistes négationnistes parfois, des footballeurs, des cyclistes, des poissonniers, chrétiens traditionalistes et païens. J'y trouvais des humanités.

Quand je buvais du Cahors épais avec mes pauvres diables, Valérie animait SOS-Racisme. Elle organisait des manifestations contre mes commensaux. *F comme fasciste, N comme nazi.* Lorsqu'elle défilait, je gardais Camille et Théo ; nous l'appelions sur son portable, nous moquions ses slogans. *F comme foufoune, N comme nibards, à bas, à bas, le fion national!* Valérie riait de mes passions frontistes. Elle me diagnostiquait un syndrome de Stockholm.

À force de promenades, j'avais perdu du temps. Mon éditeur ne patienterait plus. J'avais dû finir dans une urgence d'écriture. On m'avait donné des amphétamines. Au dernier matin, mon corps se déroba ; des vagues de fatigue roulaient à l'arrière de mon crâne, que le barrage chimique ne retiendrait pas. Mes doigts ne suivaient plus les ordres du cerveau. J'avais dicté à Valérie les dernières phrases du livre. Elle s'était assise à ma place, dans mon placard à fenêtre, elle écrivit à ma voix. Ensuite, seul dans mon tour d'honneur, j'avais porté ma disquette rue des Saints-Pères chez Grasset. Nous avions encore des disquettes. Je m'étais acheté un cigare que j'avais fumé dans un petit square sous l'abbaye de Saint-Germain-des-Prés. J'étais l'écrivain accompli.

Quelques mois plus tard, mon livre fut primé. Je bredouillai des mots de cycliste à l'arrivée de Paris-Roubaix. Le mécène du prix Décembre était Pierre

Bergé, l'inventeur de Saint Laurent. Il me battait froid. Il avait investi dans ce prix pour récompenser l'écrivaine Christine Angot, à l'aube de sa gloire ; son jury l'avait espièglement trahi. L'argent de Bergé vint à point et pas seulement cela. Roger pleura de joie, Evelyn s'émut, Valérie était fière. J'étais leur grand garçon.

- 43 -

Kathleen ne tapera jamais mes livres ; elle doit écrire les siens. Est-elle fière de moi ou d'abord en manque d'elle ? Elle ne me laisse pas oublier ses droits.

Dans nos bonnes humeurs, je la traite de mec. Kathleen part et travaille en mec, rentre comme un mec, ayant prolongé la journée d'une bière, elle se nourrit à ses heures, elle se fait une assiette, n'attend pas pour manger, met la table pour une seule personne ; elle m'a abandonné cuisine et lessives, en toute bonne foi d'ailleurs : elle a rejoint ma vie quand j'étais devenu l'homme du foyer et n'a pas contrarié ma vocation.

Comment admettre qu'elle m'est supérieure ? Je me soumets à son jugement. Kathleen dissipe mes illusions. Elle m'amuse et me révèle autant que je l'aime, elle est un miroir qui accentue mes traits. Kathleen me ressemble dans sa manière de s'abstraire : elle ose plus que moi se foutre d'un peu tout hors ce qui l'intéresse, et être journaliste en dédaignant l'actualité. Nous pensons souvent de même et je n'y suis pour rien. L'absolu que l'on proclame m'agace, il la fait rentrer en elle. Nous imaginions qu'un jour nous ouvririons une librairie, un restaurant aussi, je ferais la cuisine. Mais en même temps, il faudrait parler aux gens, cela nous décourageait à l'avance.

Kathleen ressemble à mon indolence. Nous sommes souvent en paix.

Valérie était mon opposée. Nous étions un couple chimiquement instable, une fusion des contraires, imbriqués et tellement différents. Valérie était impliquée et entière quand je doutais ou m'abritais derrière mes doutes. Elle était droite quand je tremblais d'être induit en tentation. Valérie était dure aux autres et à elle-même : elle ne s'aveuglait que sur moi, ou elle avait décidé qu'en dépit de moi-même, je valais mieux que mes faiblesses, j'étais l'homme choisi. Aurait-elle supporté cette vérité atroce, que je n'étais pas digne ? J'essaie, paradoxalement, de le devenir après elle. C'est sous son regard que parfois je me tiens.

À la fin de nos jours, j'en tremble, Valérie n'y croyait plus guère. Nos disputes étaient plus sourdes et ponctuées de ces mots : « Quel gâchis. » Peut-être simplement étions-nous fatigués.

Depuis nos commencements, Kathleen se targue de lucidité. Je n'écris pas si bien ; elle écrit mieux que moi ; elle enlèverait le quart des mots de mes textes. Elle me trouve malin plus qu'intelligent ; j'ai cessé de lire dans la paresse de l'âge. Psychologiquement je ne comprends jamais rien.

Les jeunes femmes se défendent en moquant leurs moins jeunes compagnons. C'est un peu plus qu'un jeu. Kathleen est douée d'ironie mais l'ironie n'est qu'un moment de la conscience. Dans son éloignement, je sais la perte d'estime.

Avant de me tromper, Kathleen s'était emportée pour une saga romanesque. Elle n'avait pas simplement lu l'amitié au long cours des deux Napolitaines de *L'Amie prodigieuse* d'Elena Ferrante, mais en avait fait une quête ; elle offrait le livre autour d'elle, et tissait un univers auquel je demeurais étranger. Je n'avais pas lu Ferrante. Kathleen m'en avait dissuadé : ça ne me plairait pas. Elle était partie à Naples avec une amie sur les traces de la mystérieuse écrivaine, dont l'identité masquée ajoutait à l'aura. Elle parlèrent de garçons, notamment de l'imbécile qui bientôt l'aborderait.

Je n'avais pas appelé Kathleen pendant son voyage. Nous n'avions donc déjà plus rien à nous dire ?

Valérie se voulait des engagements sans retours. Kathleen croyait aux mystères de la cristallisation stendhalienne, qui fait naître l'amour de l'admiration, du doute, du plaisir, de l'absence. Faute d'avoir lu ou mérité de lire, je laissai le désamour cristalliser.

Dix ans plus tôt, l'été 2006, j'étais passé par la Campanie avec Valérie, Camille et Théo, sur le chemin de Pompéi et d'Amalfi ; j'en gardais le goût du limoncello et des gnocchis le soir au-dessus de Sorrente, d'une promenade autour de Capri sous un soleil de plomb, Valérie et les enfants déshydratés sous mon enthousiasme.

J'étais trop loin de Kathleen et de Ferrante quand je pensais à Naples, je n'y pouvais rien.

- 44 -

Je fus longtemps un charmant prédateur. Je m'étais cru, on m'avait laissé croire, que j'étais le soleil de mes petits mondes.

À mon ombre trompeuse, Valérie avait cherché sa lumière. Elle était de la trempe des croyantes. Elle se donnait sans recul et parfois se brisait. Elle prenait ses emplois comme autant de missions, elle impressionnait, irradiait, séduisait puis se fâchait : on la décevait, elle rompait. Elle connut la solitude du chômage, quand je papillonnais dans mes rédactions. Elle se morfondait, emprisonnée par les complexes d'une ancienne provinciale sans diplôme prestigieux : l'attendait-on seulement dans Paris ?

J'étais désolé, et agacé parfois. Je voulais qu'elle cherche mieux, qu'elle insiste. J'étais indécent quand tout m'était facile. Elle cherchait un chemin. Valérie se reprochait d'avoir laissé ses études en route. Elle s'était inscrite en auditrice libre à l'École des hautes études en sciences sociales, dans un séminaire sur les banlieues.

Elle en était revenue dépitée ; ce qu'elle entendait était irréel, tellement loin de ce qu'elle avait connu à Garges et Sarcelles. Que savaient ces sociologues de la vie des autres ? Elle se braquait. Elle ne supportait pas que l'on théorise sur le malheur des gens. Elle m'incluait dans ce refus. Nous étions, mes amis et moi, des pseudo-intellectuels. Je me vexais, Valérie avait raison. Cela ne lui rendait pas la paix.

Elle rencontra un rêveur de son espèce, plus pur que le monde alentour, qui avait été l'ami de Coluche, l'architecte des Restos du cœur, puis le bras droit d'une vedette de la télévision. Jean-Michel Vaguelsy ne travaillait plus mais inventait des mondes. Valérie et lui conçurent un jeu télévisé dont les candidats (je me souviens) étaient installés dans une pyramide. Aucune chaîne n'acheta leur projet, mais nous devînmes amis. Nous allions dîner chez Vaguelsy, chez qui on croisait parfois un vieux monsieur courtois, vétéran du milieu parisien, qu'un garde du corps accompagnait.

Elle débordait d'envies. Elle regardait joyeuse des hommes qu'elle trouvait beaux, le genre viril et ténébreux ; elle m'aurait quitté pour l'acteur Gérard Lanvin ! Je me sentais léger. Valérie était plus brave, une conquérante.

Je jalousais les lumières dans les yeux de Valérie. Elle sortait de ses dépressions avec une foi renouvelée. Par la force des hasards et de sa volonté, elle retrouvait toujours un emploi, improbable, ardu, inattendu, qui devenait sa nouvelle vérité.

Je la voyais se métamorphoser en une journée, s'acheter un cartable comme à la rentrée des classes pour épouser – hier chômeuse, aujourd'hui combattante d'un ministre de gauche – les causes du peuple lycéen du camarade Mélenchon, puis les mérites du Paris olympique, les séductions de la communication institutionnelle, enfin les espérances d'Évry. Elle assimilait dans la fièvre les langages et les codes. Étais-je le seul à sentir sa peur de ne pas en être encore, à deviner l'incertitude de sa voix ?

Dans les archives de l'Institut national de l'audiovisuel dort un reportage du printemps 2000. La télévision française allait sans malice chez les nouveaux ministres de Lionel Jospin : Valérie toute mince dans son chemisier mauve jouait les hôtesses au 101 rue de l'Université, nouveau palais de Mélenchon. Elle ouvrait des portes, invitait aux cuisines, faisait admirer des assiettes de porcelaine qu'elle admirait elle-même, que les politiques de passage n'avaient pas le droit de toucher. On lui demandait leur prix, elle disait « je ne sais pas » et elle le répétait en souriant, « je ne sais pas ». Elle était une enfant rieuse plongée dans un luxe nouveau qui faisait l'admiration de Camille et Théo : dans son bureau, maman avait un réfrigérateur et des canettes de Coca-Cola.

La joie de Valérie était sans artifice. Elle ne trichait pas avec ce qu'elle vivait. Assistante sociale, elle se consumait pour de vieilles dames pauvres vivant des aides sociales, qui lui rappelaient sa grand-mère. À Singapour, quand Londres avait devancé Paris pour l'organisation des Jeux de 2012, elle avait failli se battre avec une Anglaise venue lui dire «*good game*», comme on se moquait sur les terrains de rugby. C'était son caractère. Depuis SOS-Racisme, elle achetait chaque matin son paquet de journaux en face de chez nous, chez un grand bonhomme qui se disait le cousin de Zinedine Zidane: Théo était fasciné. Flottait dans la librairie une écharpe de l'équipe de France, pour conjurer le sort. Entrant au ministère, Valérie reprit le chemin de la librairie d'en face; elle partait au combat le cartable lesté de papier.

Elle me racontait le soir ses guerres pour les licences professionnelles et l'introduction du technique au collège; les mandarins tenaient l'enseignement professionnel en mépris; elle défendait à la fois l'honneur des prolétaires et la ligne du ministre. Elle avait la même passion qu'autrefois, quand elle était éducatrice et que, par la méthode d'un vieux juif survivant de la Shoah, elle allait donner le goût d'apprendre aux enfants des banlieues.

J'admirais Valérie sans savoir le lui dire. Je parlais d'elle quand elle n'était pas là. Elle ne le savait pas. En sa présence, en public, je faisais trop de bruit. Je tenais de mon père ce talent maladif. Valérie endurait puis se fâchait d'être sans cesse étouffée. Ailleurs, disait-elle, elle prenait l'attention et la lumière, ailleurs on l'écoutait, elle faisait rire. Je le savais et ce rire me manquait.

- 45 -

Kathleen connaît cela ou s'en fait une idée. Prédateur je reste, mais mes crocs se sont émoussés. Je sais désormais que l'on blesse ceux qu'on aime et qu'ils meurent aussi. Et puis j'ai vieilli. Kathleen a d'autres résistances. Elle sait se battre quand j'ai rendu les armes. Elle exagère mon emprise. C'est une manière de me viriliser. Au début, sa jeunesse l'exposait à mon influence ? Elle l'a mise à l'abri de moi.

J'ai reçu il y a trois ans un beau livre composé des lettres que François Mitterrand écrivit à Anne Pingeot. Au commencement, le quadragénaire magnifique écrasait la jeune fille qu'il avait conquise ; et puis il avait cinquante ans, soixante, il changeait de ton, empressé, suppliant bientôt celle qui était devenue femme et disposait de lui, qui ne resterait recluse de l'amour qu'à sa propre volonté. Ce n'était plus le « admirez-moi mon petit » des premiers temps, mais un simple « j'ai besoin de vous ».

Avais-je été un jour, deviendrais-je à mon tour François Mitterrand ? Je pouvais le souhaiter. Anne l'avait accompagné jusqu'au dernier jour, que demander de plus. Kathleen serait-elle Anne Pingeot ? Ou deux fois dans ma vie, je serais abandonné ?

Kathleen avait lu avant de vivre ; ce n'était pas seulement la cristallisation stendhalienne. Derrière la passion, elle cherchait la raison. Elle croyait aux peurs beigbederiennes sur l'amour qui s'en va en trois ans : la science des phéromones le confirmait. Elle allait chercher pour ses articles des preuves de ses angoisses. Quand nous nous connûmes, étonnée d'avoir quitté son amour de jeunesse, elle interrogeait des sociologues et des psychiatres sur les raisons des ruptures. Plus tard, en doute sur nous, elle enquêterait sur les dépressions puis les envies d'adultère qui prennent les femmes quand leurs enfants sont nés. On pourrait suivre notre couple en archivant ses œuvres complètes.

Kathleen aussi avait cherché sa place. Une jeune journaliste dans la presse en crise, en quête des piges que commandent les vieux, selon leurs codes et leurs idées. Elle travaillait en bonne élève, méticuleuse, glissant en fraude dans ses papiers des mots un peu joyeux, de travers, des images espiègles, des pensées drolatiques qui démentaient sa discrétion.

Kathleen ne voulait pas que je lise ses textes. Je ne savais pas critiquer, onctueux faussement ou trop dur, trop direct. De moi, elle n'acceptait rien. Je ne serais pas le Pygmalion de ma compagne. Je la vis se trouver et grandir et se battre. Quand elle se fâchait, Kathleen abolissait ses distances protectrices. Kathleen était forte et cueillait des fleurs de langage. *Des pensées et des pensées.* Je devais le lui dire. Y croirait-elle seulement.

Kathleen rejetait la banalité des familles et refusait les chorégraphies, disait-elle : papa maman les deux enfants en goguette, une grande voiture et les vacances d'hiver au soleil. Ce qu'elle affectait de mépriser ressemblait souvent à ma vie d'avant : ce n'était pas si vrai ni vraiment innocent. Il fallait pour qu'elle resplendisse ternir un peu le passé.

Kathleen plaisantait à la frontière des sacrilèges. Elle m'avait rendu à l'estime de ses contemporains, jurait-elle. Je n'étais avant elle qu'un journaliste corrompu de banalités. Nous étions Valérie et moi un « couple socialiste en ascension sociale », et je devais traduire, « pas très intéressants ». Plus jeune, au temps de mon corps souple et de mes cheveux noirs, elle ne m'aurait pas regardé.

Je ne trouvais pas devant Kathleen les mots pour nous défendre, Valérie et moi. De quoi devais-je nous justifier ? Je me fermais et je glaçais ma voix, je grondais pour la tenir à distance. Elle ne savait rien de nous, qu'elle nous oublie et se contente de ce que j'étais désormais.

- 46 -

Dis-moi que tu n'as jamais été aussi bien ! En février 2012, Kathleen me harcelait dans le désert du Néguev, en Israël saturé de souvenirs. On avait célébré la bat-mitzva de ma nièce Yael. Kathleen était enceinte. Yael devenait sa nièce. Nous cochions les cases. C'était une première sortie en famille recomposée. Je lui faisais ensuite découvrir le pays, était-ce une bonne idée ?

Ma tête résonnait d'autres fêtes. Les images m'assaillaient. Camille bébé avait vomi son chocolat dans notre voiture au lac de Tibériade. J'enroulai des téfilines à mon bras gauche devant le Mur des lamentations. Valérie aimait que mon esprit fort en rabatte. Théo priait pour le Paris Saint-Germain, mais jouait au football sur la plage Frishman de Tel-Aviv vêtu d'un maillot de Manchester United. Dans Mea Shearim, l'enclave ultra-orthodoxe de Jérusalem, des barbus à l'œil torve avaient fait peur à Valérie qu'ils jugeaient impudique et désiraient sans doute.

Des chemins me manquaient, j'en évitais d'autres. Je ne tournais pas à droite au carrefour de Guedera, au sud de Rehovot où habite ma sœur Myriam, pour aller vers Ashdod où avait vécu la grand-mère de Valérie, où vivaient ses cousins, où sa sœur Patricia avait acheté un grand appartement ; je n'allais pas à Bnei-Brak derrière Tel-Aviv, dans une banlieue vouée à Dieu et à ses hommes en noir et ses femmes en perruques, où sa tante Marie cachait dans un placard le téléviseur qu'elle regardait en sourdine, pour ne pas effarer ses voisines plus rigoristes qu'elle ; je n'irais pas voir Marie, Maroutchi, qui avait la voix marocaine et chantante, avec qui Valérie était allée se baigner dans la Méditerranée glacée à Narbonne-Plage, un hiver lointain, pour ne pas la laisser accomplir seule les ablutions rituelles que s'imposent les juifs pratiquants.

En Israël des mots se ranimaient que je n'employais plus : *mikve*, le bain rituel, *chomer chabbat*, celui qui respecte le repos hebdomadaire, *dati*, le religieux. Ils m'avaient donc manqué ? Je n'allais pas en parler à Kathleen. Le judaïsme était une terre nouvelle, qu'elle abordait à pas comptés. Elle avait d'autre combats à mener.

Dis-moi que tu n'as jamais été aussi heureux. Nous remontions vers le Néguev après nous être baignés. La route était sinueuse et Kathleen insistait. *Dis-moi que tu n'as jamais été aussi bien.*

Ce n'était pas la première fois qu'elle livrait cette bataille, mais jamais aussi directement.

Après notre rencontre, Kathleen m'avait étonné en se montrant jalouse. Elle se fixait sur une collègue journaliste, une correspondante Facebook, elle n'en démordait pas. Est-ce qu'elle me plaisait ? Est-ce que je la draguais ? L'avais-je fait glousser ?

Nous étions sortis un soir avec une de ses amies et un groupe de jeunes gens dans un bar de la Butte Montmartre. L'amie m'avait touché en me parlant. Kathleen m'avait reproché cette main sur mon bras tout au long du retour. Je m'étais laissé faire, j'étais sans dignité, son amie aussi bien. Je n'étais pas une sorte de vieil oncle que l'on palpe à sa guise ! Nous descendîmes ainsi les rues Custine et Caulaincourt, elle dans une sourde fureur, moi dans un brouillard. Nous passions devant des maisons que j'avais habitées avec Valérie. Qu'était-il arrivé pour qu'une femme me fasse une scène sous mes propres fenêtres ? J'eus l'impression que Kathleen relançait délibérément la querelle devant mes anciennes demeures ; peut-être était-ce moi qui ralentissais le pas.

J'étais agacé et flatté. Cela n'avait aucun sens. J'étais nu et blessé, inapte aux jeux et à la drague. Je ne cessais de pleurer que pour mes enfants ou retrouver Kathleen. Où aurais-je pu trouver l'envie d'une autre femme ? Ces dénégations aggravaient mon cas. Je ne l'aimais pas, j'avais simplement fui la solitude. C'était elle, c'eût pu être n'importe qui ?

Kathleen avait besoin de ces querelles. Elle me parlait moins qu'elle ne se répondait. Jalouse, elle normalisait notre histoire. Ce n'était plus la rencontre d'un veuf et d'une jeune femme admirable qui, l'aimant, l'empêcherait de mourir, mais une passion amoureuse, risquée, violente et menacée. Elle ne voulait pas être une héroïne édifiante. Elle s'agaçait quand mes amis venaient la remercier, dans les soirées où je la présentais, d'être là pour moi, de me faire du bien, d'accepter Camille et Théo. Chaque compliment construisait sa prison. Il fallait briser ces barreaux ou mourir : elle me faisait des scènes. Elle me grimait en dragueur : c'était moins vulgaire que le veuf ramassé dans ses larmes.

Kathleen surveillait mon ordinateur et fouillait mon portable. Elle scannait mes messages. C'était une souffrance. Il n'y avait que Valérie dans mes placards numériques. Cela ne regardait pas Kathleen. Elle était d'une autre histoire et d'une autre vie.

Elle continua pourtant. Sa jalousie glissait des vivantes à la morte. L'aurais-je aimée, elle, Valérie vivante ? Aurais-je quitté Valérie pour elle ? Aurais-je mis fin à mon couple pour nous ? Je bredouillais des « non », je me connaissais bien. Elle n'y croyait pas. Elle m'aurait eue, elle en était certaine. Je fuyais cette dispute. Kathleen s'agaçait de mes embarras. Je ne savais pas parler de Valérie devant elle. Elle n'y tenait pas tant que ça. Elle demandait simplement sa part de préférence. Kathleen portait mon enfant. Elle n'était pas une mère inférieure, ni son bébé à venir un enfant de raccroc. Elle était une femme et pas une remplaçante.

En Israël enfin, elle réclama ses superlatifs. Elle y avait bien droit.

Dis-le, tu n'as jamais été aussi bien !

Je ne pouvais rien répondre. Celui que j'étais devenu était avec Kathleen aussi heureux qu'on peut l'être, mais à m'interroger au-delà, j'aurais brisé mon âme. J'invoquais Valérie dans la nuit du désert, Kathleen poussait encore. Nous revenions de la mer Morte. En y repensant, ce nom qui flottait en nous avait tout déclenché. J'aimais une mère morte, j'aimais une future mère vivante, j'aimais dans deux mondes, pouvait-on m'épargner ?

Kathleen aurait pu se satisfaire de ma simple folie. Elle la connaissait, depuis le premier jour.

L'automne 2010, Kathleen et moi avions passé un week-end en Suisse, à nous baigner et à voler du raisin dans les vignes près du lac Léman. Dans un musée helvétique, nous avions visité une rétrospective consacrée à Nicolas de Staël ; un panneau biographique nous avait arrêtés. En 1946, le peintre venait de perdre son épouse Jeannine ; il avait écrit ceci à la maman de la disparue. « Ne pensez pas que les êtres qui mordent la vie avec autant de feu dans le cœur s'en vont sans laisser d'empreinte. » Quelques mois plus tard, il croisait un ami et lui disait qu'il avait rencontré une femme et qu'il était amoureux comme jamais. Le temps de penser que Staël était fou, nous avions réalisé que je lui ressemblais.

- 47 -

Kathleen a fini par me dire le mal que je lui fis. C'est arrivé l'automne 2019, sur son territoire, l'île d'Yeu, où fillette puis adolescente elle passait ses vacances, où elle a décidé de construire les souvenirs d'Octave et Léon. Nous nous promenions sur la lande, en vue d'un rocher en équilibre qui surplombe la mer et que l'on peut bouger en s'arc-boutant et alors se croire très fort.

Avant de partir, j'avais laissé à mon éditeur quelques dizaines de pages, le début de ce livre. Il s'appelle Christophe Bataille ; il porte le cheveu afro et une sagesse espiègle. Il attendait depuis longtemps quelque chose de moi. Christophe m'appela en pleine promenade. Il avait lu mes pages et m'en disait du bien. Je sentis monter l'excitation de la conquête. J'avais pourtant assez pleuré pour retrouver la fin de Valérie. J'exhalais l'endorphine de l'auteur. Je posais des questions prématurées. Quand pourrions-nous sortir ? Je souriais malgré moi. Kathleen me fixait. Je m'éloignai pour parler à Christophe et j'écourtai la conversation.

Kathleen me sauta dessus.

Est-ce que je me rendais compte de cette violence ? J'avais un éditeur, je discutais d'une sortie de mon livre, quand elle ne savait même pas si elle serait publiée ? Elle écrivait son roman. Est-ce que je pouvais une fois dans notre vie lui laisser son espace ? Est-ce que je pouvais m'effacer devant elle ?

Je ne suis pas dans ton récit.

Je ne suis pas dans ton livre.

Je ne suis pas un morceau de ton histoire.

Je ne suis pas ta jeune compagne qui écrit en même temps que toi.

Je ne suis pas ton anecdote.

J'ai commencé mon livre, tu n'y pensais même pas. Tu as écrit quatre livres depuis qu'on est ensemble. C'est mon tour. Tu ne me passeras pas devant. Tu as un éditeur, je n'ai personne. Tu m'attendras. C'est mon tour.

Tout ceci en points d'exclamation.

Octave déteste quand nous nous disputons et Léon réprouve comme son frère. Ils finirent par crier sur les cris de Kathleen. Elle était superbe et un peu terrifiante. Elle dansait sa colère et son corps ondulait. J'avais envie de sexe ou bien qu'elle me batte, que nous roulions au sol dans ses cris. Elle ondulait et criait, les enfants criaient, je leur criais dessus pour qu'ils fassent silence, elle criait de plus belle.

C'est ma vie aussi !

Je lui volais son livre et lui volais sa vie.

Je ne lui volais rien mais elle avait raison. J'écrivais depuis l'été, et sans elle, sans son livre en cours, je n'en aurais rien fait.

Après la mort de Valérie, j'avais deux fois, dix fois, commencé des livres, qui racontaient mes larmes devant les confitures de pêche allégées en sucre, celles qu'achetait Valérie dans notre supermarché; mes tentatives s'arrêtaient à son silence et mes démons. Des fichiers inachevés dormaient dans mes ordinateurs. Ils embaumaient la tristesse et le pathos. Ils m'innocentaient trop. Un livre vrai vivait en moi. Je me l'interdisais.

Je compensais. J'écrivais des essais à la première personne, où j'invitais Valérie. Un texte sur la fin de Dominique Strauss-Kahn, un manifeste pour les musulmans de France, un requiem sur la gauche française, étaient autant de raisons d'écrire son nom. Je la glissais entre les chapitres. Deux fois l'an, à son anniversaire et à la date de sa mort, j'écrivais quelques lignes sur ma page Facebook; je choisissais avec scrupule une photo du passé; je comptais les réactions; elle existait ainsi. Était-ce suffisant?

Claude écrira un roman à la mort de Roger. Valérie avait dit cela à ma sœur quand mon père déclinait. Ma femme était morte et mon père était mort, que fallait-il encore pour que je me décide?

Je récitais mes excuses. Il fallait revivre et travailler, se lever tôt, faire bouillir la marmite et protéger les enfants. Chaque saison sortaient des livres d'endeuillés qui attisaient ma honte. Un écrivain sans son épouse ; une dirigeante de Facebook sans son mari. Ces gens avaient le malheur édifiant ou primesautier. Étais-je au monde le seul fou, le seul coupable ? Je préférais le taire. Kathleen me réveilla.

Kathleen écrivait. Ce serait un roman mais j'y lirais nos vies, quand bien même je serais le seul à comprendre. Nous nous connaissions à peine, elle m'avait dit ceci : *Si je mourais après avoir vécu vingt ans avec toi, j'aimerais que tu écrives sur moi.* Dix ans après, j'étais immobile, elle écrivait à ma place et prenait mon chemin.

J'avais bâti autour de Kathleen une théorie mystique. Elle était aussi bien ma chance que mon châtiment. Elle m'avait donné la vie et le désir mais elle serait ma fin. Elle était venue me punir de mes vies antérieures et poser mes limites. On ne rajeunit pas à aimer une jeunesse : on a conscience tous les jours de son âge et du monde d'où l'on vient. Kathleen avait sur Valérie un absolu désavantage ; jamais elle ne pourrait me faire souffrir autant qu'elle, sauf à mourir, comment l'envisager. Mais elle pouvait m'abolir. *Que les vieux morts cèdent la place aux jeunes morts.* Dans ses chemins possibles, il y en avait un qui passait par ma fin. Sans moi, elle serait libre. Elle me ressemblait trop pour ne pas être tentée.

Kathleen tutoyait mon parcours. Elle était passée comme moi par la *Charente libre* à Angoulême, le temps d'un stage d'été. Elle était allée comme moi raconter le petit peuple lepeniste, mais elle avait refusé de regarder mon bouquin, qui pourtant restait valide, comme s'il n'avait pas existé. Dans un vieux journal que j'avais connu, Kathleen était devenue rédactrice en chef, plus aimée que je ne l'avais été, meilleure camarade, attentive aux siens : je n'en avais jamais été capable. Elle écrivait désormais et pouvait librement s'inspirer de nos vies. Que me resterait-il ?

Kathleen me conseillait d'écrire pour les enfants : je savais raconter de belles histoires à Octave et Léon. Camille et Théo pouvaient en témoigner ; c'était une bonne idée, et aussi un pari. Je savais le prix des littératures enfantines. J'en connaissais par cœur. *Pétronille boit son thé au gruyère devant sa maison. Elle regarde le soleil se lever. Dans la nuit, des champignons ont poussé.* J'avais trop lu pour croire que l'on s'improvise Claude Ponti. Si l'on s'y risque, ce n'est pas en fuyant un autre destin. *C'est un mauvais chemin qui fait exprès de perdre les gens.* Je devais terminer quelque chose. Valérie m'attendait.

Depuis 2015, j'avais chez Grasset un contrat en souffrance : un livre sur le destin des juifs de France que je n'avais pas abouti ; y avais-je seulement cru ? J'avais besoin d'argent ; cela rend inventif.

Grasset est une maison patiente aux airs de famille ; je l'ai souvent trompée, elle m'avait attendu ; elle eut longtemps le visage indulgent de Jean-Paul Enthoven, qui savait mieux que moi l'inanité des passions politiques. À l'automne 2017, ce fut Christophe qui me ranima dans un déjeuner. On ne croyait plus rue des Saints-Pères à mon enquête juive (je fis mine de protester, pour la forme, c'est une politesse) mais on pouvait faire autrement. Voulais-je parler de moi ? Christophe n'avait pas d'idée précise, mais comme tout le monde à Paris, disons, comme ceux qui m'avaient connu, il m'avait vu disparaître : m'entendre à nouveau le matin à la radio lui faisait plaisir, et suggérait un *fall and rise*.

Je l'étourdis de confessions et lui promis un livre sur mes rédemptions. J'allais m'y mettre, vraiment, quand au printemps 2018, Théo tomba malade. Il eût été impie d'écrire un livre sur mon joli retour, quand un cancer habitait mon garçon. La pensée même était de celles *qui vous portent l'œil.*

Je laissai passer la peur et la tumeur. Au commencement de 2019, je retournai rue des Saints-Pères. Oui j'écrirais, promis, sur mes crimes et sur les châtiments que j'attirais aux autres.

Quelques semaines plus tard, Kathleen se dévoila. Je n'avais plus le choix. Je rassemblai mes hontes et je tins ma promesse. Je me mis à écrire comme Kathleen écrivait. Huit semaines derrière elle, trois mois de retard, le lièvre de la fable. En réalité, j'écrivais dix ans derrière ma vie. Je rattrapais le temps que moi seul avais perdu.

Ç'a été notre vie une bonne moitié d'année, de l'été 2019 à 2020 entamée. Écrire chacun une histoire et faire livre à part. J'écris, tu écris, il écrit et elle garde les enfants, le contraire, il cuisine et elle écrit, nous jalousons chacun le temps libre de l'autre. On se pense lésé, par l'aimé, par les circonstances. Nous aimons-nous encore ? Notre mimétisme nous amuse et nous ronge. Nous voilà *partners in crime*. Nous jouons avec le feu et nous en réchauffons. Notre histoire n'est pas née raisonnable. Nous nous ennuyons moins.

Kathleen se plaint de moi auprès de ses amies, que choque mon masculinisme. *Elles disent aussi que tu dois me donner de la place.* Je devrais prendre un an, ranger mes mots, laisser passer les siens ? Je lui oppose ma survie. Je raconte nos livres à mes vieux camarades, ils s'inquiètent pour moi. Kathleen a son âge pour elle, une conscience d'elle-même quand je ne suis que remords. Je la regarde écrire, elle est heureuse. Elle avance appliquée et souriante, forte et minutieuse. Elle me semble implacable comme les moutons que pousse dans la prairie Droopy dans un vieux Tex Avery, qui finissent par tondre les taureaux et leur cow-boy, un faux méchant loup. Je suis un loup fourbu. Je me dois aux passés.

Je sais depuis l'île d'Yeu qu'elle non plus ne joue pas.

Quand Kathleen eut finit de crier, ce fut plus dur encore : elle me parla de nous.

Elle aussi venait de loin, l'avais-je remarqué ? J'étais veuf et Camille et Théo orphelins, mais elle avait choisi de vivre avec ce veuf, et de donner deux frères à Camille et Théo. Elle n'avait jamais rien demandé que des attentions et souvent en vain. Nos souffrances étaient supérieures aux siennes. Qui écoutait ses doutes ? Je ne l'avais jamais protégée de mes cauchemars.

Tu crois que je ne sais pas à quoi tu penses la nuit ? Je vis depuis dix ans avec un fantôme.

Kathleen ne m'avait pas trompé gratuitement. Elle serait morte à elle-même en restant immobile. Je l'avais enfermée, exploitée et niée, anesthésiée. Son échappée n'avait tenu qu'à elle. Elle était revenue librement. Elle ne me devait rien. Que j'oppose un livre au sien n'était qu'une nouvelle méchanceté.

Je tiquai sur ce mot, « méchanceté ». En quoi étais-je méchant ? Je devais bien le savoir pourtant. Je ne me souvenais plus que je la faisais pleurer à la naissance d'Octave ? Qu'un soir, pour ne plus me croiser, elle s'était enfuie dans le froid avec notre bébé ?

Je n'y pensais plus.

- 48 -

À l'automne 2012, Octave nourrisson, nous vivions rue Véron, qui par le ruissellement des eaux est un passage humide à Montmartre, au-dessous de la rue des Abbesses. Nous habitions une maison bancale sur une jolie cour pavée. L'été ravissante, Paname au paradis, mais à la saison des pluies venaient des odeurs sales de décomposition ; le vent s'infiltrait dans des murs poreux et humides ; des flots d'eau se déversaient des gouttières trouées. Nous entendions et sentions les voisins. Nous nous asseyions dans les pièces trop petites d'un duplex trop étroit, autant d'alvéoles où l'on pouvait se poser mais jamais circuler.

Nous avions mal acheté un lieu simplement pittoresque, et nous l'habitions mal. Camille était partie. Théo avait dix-sept ans et n'était pas sérieux. Son père devenu étrange tournait autour d'un nouveau frère, dont la mère ne le supportait plus.

Kathleen s'agaçait de Théo, de son bruit et de sa musique, et qu'il ouvre le frigo à la nuit tombée, qu'il sorte le soir et qu'il se fasse à manger quand elle dormait. Le micro-ondes et le four de la cuisine ouverte étaient trop près de notre chambre. Elle guettait ses pas et sa faim, et au matin enrageait d'avoir mal dormi.

Elle sifflait contre lui, elle pestait contre moi qui lui cédais tout. Quelqu'un avait dit non à ce garçon dans sa vie ?

Kathleen n'a pas de filtre quand elle manque de sommeil. Elle instruisait le procès de Théo et le mien, celui de Valérie, de notre vie passée. Octave, lui, aurait des limites, Octave serait élevé.

Kathleen n'a pas de mesure quand elle sent blessée.

Elle se sentait mal-aimée, et surtout avait peur qu'Octave, son fils, soit un enfant négligé. Théo était le fils de la rivale morte, l'enfant de l'autre, et mon ardent souci. J'avais peur pour Théo et peur pour ses études. J'étais son seul parent. Je devais le sauver. Il était passé en seconde aux forceps. On lui avait diagnostiqué une mode psychique : le TDAH, le trouble de l'attention. Je le harcelais le matin et le soir. *Tu as pris ta Ritaline ? Tu prends la mélatonine, sinon tu ne dormiras pas. Tu te concentres mieux ?* Théo me mentait pour ma paix et la sienne. Mes contraintes l'étouffaient. Je l'avais fait accepter au lycée Lamartine, qui préparait au bac option théâtre, et dont les professeurs, patients et lucides, allaient l'accompagner.

Je parlais de Théo, je pensais à Théo et je tremblais pour lui. Camille avait fui cette obsession. Kathleen la subissait. Le doute l'empoisonnait. Saurais-je donner un jour autant à Octave ?

Dans son monde d'adolescent saturé par son père, Théo n'a rien su des peurs de Kathleen. Sa vie était assez compliquée comme cela. Je prenais sur moi et me savais coupable. J'avais fabriqué ce huis clos.

Un soir de bon froid, rentrant de je ne sais plus quel travail de fortune, je m'étais arrêté à la pharmacie de la place Clichy pour acheter un médicament à Théo qui toussait. Kathleen me reprocha ce détour. Je répondis salement. Elle s'enfuit alors, emportant Octave en landau pour aller chez sa mère. Je la rattrapai au vol.

Je pris le pli de l'insulter.

Les habitudes viennent vite ; le fiel est suave. Elle était folle, à quoi pensait-elle ? Kathleen n'a pas de distance quand on parle de folie. Petite fille, elle avait peur de se réveiller un matin en ayant perdu son intelligence. Je connaissais sa faille. Elle me provoquait en dénigrant Valérie. Nous parlions pour blesser.

Pauvre conne, tu ne sais rien d'elle, tu ne sais rien de nous.

Kathleen me frappa. Je le lui rendis.

Je connaissais cette malédiction.

Vingt ans plus tôt, Valérie était petite mais vive et dopée de colères. Kathleen était aussi grande que moi, et lourde de désarroi. Ma bouche charriait la destruction. Je provoquais les violences et j'en prenais ma part. Oui, j'avais connu cela. C'étaient les mêmes scènes à vingt ans de distance. Des bébés reposaient tout près des cris et des griffures, des pleurs et des pardons. Camille dormait, Octave dormait, mes enfants dormaient dans des chambres de peluches et de musique, ils ne devinaient rien de leurs parents absurdes, nous allions arrêter, nous n'étions pas cela.

Nous étions en prison, Valérie et Claude et Claude et Kathleen. Nous cherchions des paix incompatibles. Nous ne nous aidions plus. Quand cesserait l'orage, nous nous retrouverions dans un amour maculé de cendres. C'était arrivé, on ne l'effacerait plus, quand bien même nos vies seraient belles. Cela venait de moi ? J'étais le point commun de ces infamies. J'étais cet homme qui abandonne ses femmes à leur désespoir et qui les pousse à bout. Avec Kathleen, je n'avais jamais bâti une nouvelle vie. Mon existence était une boucle sarcastique.

Kathleen alla trouver une psychanalyste. Les premières séances, elle ne lui parlerait que de Théo. La psy devint un pilier de sa vie, Kathleen apprit à vivre avec mon fils. Au fil du temps se créerait entre eux deux le plus étrange et logique des liens. Elle le protégerait de mes intransigeances. Lui prendrait son parti dans les frictions de la vie quotidienne, comme il prenait contre moi le parti de sa grand-mère avec laquelle j'étais un adolescent quinquagénaire. Théo, je le compris, aimait les mamans. Privé de la sienne, il les défendrait toutes. J'en eus le cœur radieux et serré.

Les violences nous laissèrent. Le 31 décembre 2012, Kathleen et moi boudâmes les réveillons de nos amis.

Nous nous suffisions l'un à l'autre. Octave dormait, Théo était sorti. Nous jouâmes au jeune couple qui emménage – n'étions-nous pas cela? – en peignant une commode de bois blanc avec un gros pinceau de maquillage.

Deux semaines plus tôt, j'avais eu cinquante ans. Kathleen, Camille et Théo m'avaient fabriqué un pêle-mêle de photos où toutes mes vies étaient rassemblées. Ils avaient arbitré et choisi. Camille et Théo tout petits en doudounes jaune et rouge donnaient la main à Valérie en veste de velours marron, dans une allée du square des Batignolles. Le chat Shtreimel reposait sur le ventre somptueux de Kathleen enceinte. Octave était calé sur ses fesses, vêtu d'une petite kippa blanche qui avait été celle de Théo bambin.

Cette photo-là datait du début décembre: le premier Hanouka d'Octave, que nous avions célébré dans le nouvel appartement de Camille. On ne pouvait imaginer plus belle et redoutable épreuve. Hanouka, la fête des lumières, avait été et restait notre fête préférée. Elle commémore la victoire des Maccabées, défenseurs de la foi, contre les Grecs païens qui colonisaient la Judée. À la fin de la guerre, les Judéens vainqueurs avaient rallumé le chandelier du Temple, qui par un miracle avait brûlé huit jours. Il en reste désormais des joies d'enfants, et, par la constance des calendriers, le pendant de Noël pour les familles juives des sociétés d'abondance.

Chaque année, Valérie et moi portions Camille et Théo devant la Menora, le chandelier, nous allumions les bougies et chantions et dansions avant d'ouvrir les cadeaux. Nous dansions et chantions *Maoz Tsour*, un hymne immémorial dont les airs de ronde enfantine masquaient le tour guerrier.

Maoz Tzour Yeshou'ati, lekha na'eh leshabe'ah.
Tikon beit tefilati, vesham toda nezabe'ah.
Le'et takhin matbe'ah mitzar hamnabe'ah.
Az egmor beshir mizmor hanoukat hamizbe'ah

Puissant Rocher de mon salut, Te louer est un délice. Restaure la Maison de ma prière et là, nous apporterons le sacrifice d'action de grâce. À l'époque où Tu prépares l'écrasement de l'ennemi qui blasphème. Alors j'achèverai par un chant de louange, l'inauguration de l'Autel.

Autour des lumières nous avions été une famille. Nous l'étions encore. Désormais, Camille, Théo et moi, nous chanterions avec Kathleen et pour Octave, avec Octave, avec Léon bientôt. Les toutes premières fois, mes grands enfants et moi, nous nous soutenions du regard pour ne pas pleurer devant les bougies. Kathleen s'avancerait un peu plus chaque année et chanterait avec nous. Elle est bonne musicienne.

Mais sans pouvoir le dire, j'étais perdu comme jamais.

- 49 -

À la fin de l'été 2012, j'avais dormi seul la première nuit rue Véron, les travaux achevés. L'appartement sentait encore la peinture. Kathleen et Octave étaient chez la maman de Kathleen, Théo chez un ami. C'était un vendredi soir. Je m'étais retrouvé sans courage. Une vie m'attendait, que pourrais-je en faire ? Mes meubles semblaient à l'étroit. Ils n'étaient pas chez eux. Allais-je vraiment devoir continuer si loin de nous ? J'avais pris comme oreiller un des coussins de soie noire que Valérie aimait. À la fin de la nuit, je rêvai d'elle et de moi ; je m'en souvins suffisamment pour l'écrire le lendemain.

« Valérie et moi faisons la queue devant des ascenseurs. Le responsable fait passer des gens avant nous. Nous protestons. Elle prend un ascenseur où il y a du monde et moi un autre, seul, que j'ai négocié. Je l'ai appelée pour qu'elle monte avec moi mais elle ne m'a pas rejoint, son ascenseur était déjà parti. Je l'ai rattrapée en haut (ou en bas). Nous sommes dans un hôpital, mais nous marchons dans un paysage de petite ville. Je lui prends la main. Je lui dis : "On

a de bons moments quand même tous les deux." Je veux entendre que nous sommes heureux. Elle ne comprend pas. Elle dit : "Tu sais je suis tellement fatiguée, si ça ne tenait qu'à moi je ne sortirais pas." Elle est très gentille et douce et le moment est très tendre. »

Je m'étais réveillé apaisé et en larmes.

- 50 -

Avant de s'en aller, Valérie était devenue l'amie d'un homme ambitieux. Olivier Ferrand voulait rénover le socialisme et prendre le pouvoir, une ambition soutenant l'autre : elles n'avaient rien d'irréel. Il s'était doté d'un club de réflexion, qui produisait des études à flux intensif pour donner corps à une gauche moderne. Par le jeu des réseaux progressistes, Valérie s'était retrouvée à la table des fondateurs du think tank. Elle en avait trouvé le nom : Terra Nova.

Après sa mort, Olivier avait été attentif et fidèle. Le 29 juin 2012, nous prîmes un café rue de Bretagne, à deux pas de chez lui. J'étais depuis peu sans emploi, nous cherchions des idées. Il était député depuis douze jours et vexé de ne pas être déjà ministre. Je le taquinais. Nous devions nous revoir. Il me quitta pour descendre dans sa circonscription des Bouches-du-Rhône où le lendemain, il décida d'aller courir et tomba sous le soleil. Olivier avait quarante-deux ans. Il était maigre et tendu, ses yeux brillants me reviennent. On pouvait donc mourir plus jeune encore que Valérie.

J'écrivis un texte sur cet ami pressé de vivre, qui trépignait devant la médiocrité des vieux mondes. Finalement ils lui avaient survécu. Forcément, par lui je parlais d'elle.

« *Certains destins se consument plus vite que d'autres, comme si la cruauté était le prix de l'incandescence. Je sais depuis trois ans, ce que nos vies fabriquent d'irrattrapable, et la mort nous nargue quand nous courons.* »

Le 10 octobre 2012, Carole, son épouse, et les amis d'Olivier organisèrent un hommage à l'hôtel de Lassay, présidence de l'Assemblée nationale. Je fus invité à dire ce que j'avais écrit. Ce fut la plus étrange des soirées. Chacun se connaissait. Beaucoup se souvenaient de mes vies révolues. Se pressaient des intelligences de gauche, des élus, des progressistes, des éclairés. Ils m'avaient lu autrefois dans *Le Nouvel Observateur*, et avaient lu dix ans plus tôt ma biographie de Jospin. Ils avaient pour certains travaillé avec Valérie. Elle était morte comme Olivier désormais et je n'étais plus grand-chose qui pouvait leur parler. Je n'avais plus de femme mais une jeune compagne, qu'indifférait la technocratie progressiste. Je n'avais plus de travail. J'étais mal habillé. Il ne me restait que nos souvenirs.

J'allai de groupe en groupe comme on déambule en rêve dans une maison que l'on a connue. J'étais en visite dans mon passé révolu. Comment vas-tu ? Que deviens-tu ? Ce fut une soirée atroce.

À la fin les lumières s'éteignent. Ce soir-là, Camille nous avait invités à dîner. Elle avait besoin de nos visites pour ne pas se perdre dans sa nouvelle existence. Théo, Octave et Kathleen étaient déjà chez ma fille. Ils étaient ce qui me restait au monde. Ils m'attendaient. Devant l'Assemblée, je pris un taxi. Remontant Paris, il traversa la Seine, la place Clichy, le pont Caulaincourt, il dépassa comme dans un rêve le carrefour de la rue Lepic et poursuivit son chemin. J'aurais voulu – j'aurais tellement voulu, j'aurais donné mon âme pour cela – qu'il s'arrête au coin de la rue Tourlaque, au numéro 22 de la rue Caulaincourt. Je serais monté au deuxième étage où rien n'aurait changé : ma vie aurait repris où Valérie l'avait laissée.

TROIS

- 51 -

Je pense à Pluvinage comme à un frère manqué. Il a vécu il y a presque un siècle dans *La Conspiration*, un roman de Paul Nizan, qui raconte une poignée d'étudiants en mal de révolution dans le Paris des années vingt. Nizan était un ami de Jean-Paul Sartre, devenu journaliste et communiste. Il quitta le PC en 1939 en raison du pacte germano-soviétique. Il mourut soldat en 1940.

Pluvinage a raté Normale sup. Il jalouse l'élégance et ressent la condescendance de ses camarades plus doués, plus riches et plus gentils que lui. Pour échapper au malheur, il devient indicateur de police et donne aux flics un cadre du Parti, c'est son premier pas. Son officier traitant, à la préfecture, lui dit que ses pareils, avant de basculer, ont été des humiliés. Pluvinage envoie une lettre à un ancien ami. C'est leur mépris, lui dit-il, qui l'a perdu.

Nizan qui était droit savait les trahisons. Dans un autre roman, *Antoine Bloyé*, l'histoire d'un cadre des chemins de fer que la mort accompagne parce qu'il vit pour rien, il décrivait ce que menace quiconque s'arrache à sa classe, à son monde, pour grimper à l'échelle sociale et se trahir : le malheur inéluctable des prolétaires qui montent en bourgeoisie.

J'aime Nizan parce que mon père l'aimait, et j'aime Nizan parce qu'en Antoine Bloyé, je trouvais Valérie, qui ne se pardonnait pas d'avoir quitté Narbonne et se rongeait d'en être heureuse ; elle était pour toujours *différente* des siens.

Je suis, moi, Pluvinage. Je n'en fais pas un drame. Je sais. Ai-je été humilié ? Les trahisons sont devant nous, il suffit de les saisir. Les raisons sont étranges. Je ne compte plus les miennes mais j'en ai fait le tri. Sur le moment, elles me semblaient parfois justice ou bonne blague, ou indispensables. Un jour, tout se paye, on est seul et c'est le pire moment.

- 52 -

La nuit du 11 au 12 août 2012, je suis couché sur le carrelage d'une salle de travail à l'hôpital franco-britannique de Levallois-Perret. Octave peine à trouver son chemin pour sortir de Kathleen. Épuisé, je perds presque le fil. Qui donc accouche ici et de quel enfant ?

J'ai caressé le ventre de Kathleen pendant neuf mois, et plus elle grossissait, plus je l'ai désirée. Mais en moi tout ce temps, j'ai redouté qu'à l'accouchement, sans prévenir, me revienne Valérie, sa tête de Poucette aux joues et yeux creusés et le tee-shirt « je ne suis pas grosse, je suis enceinte » que ma sœur Myriam lui avait offert, qu'elle portait à la naissance de Camille, et qu'elle enfila à nouveau avant de libérer Théo.

Le 25 octobre 1991, mon premier accouchement, je faisais la lecture à Valérie pour tromper notre angoisse : une suite d'*Autant en emporte le vent* venait de sortir, *Scarlett*. Une page devant moi, je vis qu'une jeune femme allait mourir en couches. J'avais fermé le livre sans rien dire. Valérie l'avait mal pris.

Huit mois à caresser Kathleen et voilà mes pensées. Je porte en moi la peur des souvenirs qui sont une trahison. Ils vont me prendre et devant elle qui me donne un enfant, je vais pleurer ?

Le jour venu, je me tiens mieux que ça. Kathleen accouche dans une petite salle qui porte le nom d'une île bretonne, Bréhat, de bon augure. J'ai pour la Bretagne un enthousiasme de converti. Je divague un peu en donnant la main à Kathleen ; elle est stoïque d'attendre cet enfant peu pressé. Je suis impatient mais redoute ce qui vient.

Au petit matin, on envisage une césarienne. La peur me vient. Une gynécologue arrive, aux beaux bras solides, qui d'un rire nous sauve. « Je vais un peu vous déranger », dit-elle à Kathleen, puis elle rentre sa main et tourne notre bébé : il fait le reste et le voilà enfin. *Je vais un peu vous déranger.* Octave pleure et nous rions. Je retrouve des gestes. Je coupe le cordon. Je lave mon nouveau fils et à la maison je le garde les nuits. Je lui caresse les pieds. Je réapprends les biberons, la peur que l'enfant s'éteigne, l'émerveillement du regard, la lenteur de ses gestes. Je suis hypnotisé de cette grâce revenue. Je subis pourtant mes étrangetés.

Je fais circoncire Octave avec trop de passion. Je pourrais me satisfaire d'un coup de bistouri à l'hôpital, puisque après tout je n'ai d'autre motivation que virile : un fils doit avoir le même sexe que son père, chacun le comprendra. Mais je veux la prière et le rituel à huit jours, le *mohel* qui coupera le prépuce, la fête et le vin.

Kathleen en est d'accord. Son fils ne peut pas être moins juif que Camille, moins circoncis que Théo. Elle a cette peur dès les premiers jours d'Octave : que je le regarde moins bien que ses aînés.

Tout m'accompagne donc ? Un doute pénètre ma fièvre. Pour mon enfant de Kathleen, suis-je en train de parler à Valérie ? Est-ce pour apaiser son âme qui flotte trois ans après, que je me montre si bon juif ?

L'hypothèse est plausible. Ayant perdu Valérie, j'ai peur de perdre son judaïsme. Je me promène dans des boucheries cachères, je mâchouille des kabanos, j'achète des boulettes au cumin et des cigares au miel chez Douieb, qui survit à l'exode des juifs du Faubourg-Montmartre, je hume et je m'imprègne, je regarde avec tendresse les loubavitch dans la rue et les enfants à papillotes : Valérie les aimait sans en être, nous étions heureux qu'ils existent près de nous.

Je cherche une fidélité tardive, mais la cherchant, je l'impose à Octave, à peine est-il né, et je l'impose à Kathleen. Elle est d'une loyauté totale en dépit de ses doutes. Au collège, elle fut ostracisée et harcelée par des adolescents de Neuilly qui se vêtaient à la mode et qui étaient juifs, et la traitaient de haut parce qu'elle ne l'était pas, ni juive ni *fancy* : une jolie goye aux joues rondes qui quêtait l'amitié. Elle ne croit pas en Dieu. Le sang la terrifie. Elle n'en accepte pas moins la circoncision. Je lui jure qu'Octave ne souffrira pas.

Kathleen et moi sommes un couple mixte. Au cœur de l'été, les médecins juifs assez pieux et suffisamment généreux pour circoncire dans les règles les bambins dont la maman n'est pas juive sont en vacances. Je trouve à Paris un orthodoxe authentique, un vrai *mohel* pour le coup : barbu, papilloté, vêtu de noir, enthousiaste et volubile, qui distribue des cartes de visite sur lesquelles il promet « la brit milah magique », *brit* étant l'alliance, *milah* la circoncision. Sa magie n'est pas gratuite, mais le rite est à la hauteur. On fait venir d'une synagogue voisine la chaise haute sur laquelle le parrain du bébé se perchera. Kathleen doit promettre qu'Octave Melekh Mael Lucien, mais simplement Melekh pour son identité juive, Melekh, le roi, comme mon père qui en réalité s'appelait en yiddish Melekh Shille, le soi Saül, le premier roi – bref, le circonciseur fait promettre à Kathleen que Melekh Octave sera élevé dans le judaïsme. Puis il coupe le prépuce, donne ses conseils de cicatrisation et s'en va.

La mère s'est réfugiée dans sa chambre et nourrit notre enfant.

Théo a porté son petit frère pendant l'opération. Le voilà son parrain. Il joue dans ma reconstruction le rôle que je lui assigne. Je l'ai désigné au nom de l'unité de ma progéniture. Il tient Octave avec mille précautions.

Il me semble vivre un couronnement. Regardez, j'ai réussi. Un enfant est né de ma nouvelle vie et cet enfant est dans la lignée de l'ancienne. J'ai façonné des destins. Je suis grisé d'avoir survécu.

En 1995, pour la circoncision de Théo, nous étions simplement une famille : un pédiatre avait officié à la synagogue de Montmartre, rue des Saules, dans une fête qu'organisait Valérie. Mon papa portait son premier petit-fils. Camille avait trois ans. Elle s'était faufilée devant moi au moment fatidique ; fasciné par la scène, je n'avais pas pensé à lui cacher les yeux. Quand le sang avait jailli, Camille s'était mise à crier. « On fait du mal à mon petit frère ! » Nous en avions beaucoup ri. Je me demande si cette scène ne fut pas le plus vrai des prologues.

En 2015, quand Léon naîtra, deux copains juifs libéraux, l'un pédiatre et l'autre rabbin, s'occuperont de lui. Une famille à nouveau. Kathleen sera sereine, je ne serai plus fou.

L'été 2012, mon cerveau bouillonne et mon bébé pleure. Octave cicatrise mal et puis bien. Est-il marqué par son initiation ? En grandissant, il pissera dru, et puis va aimer Dieu. Octave croit comme croient les garçonnets ; je l'envie. Il aime un Dieu large ; un Dieu juif dont je lui raconte les hauts faits, mais aussi Jésus dont il reconnaît la Croix et pour lequel il s'agenouille quand nous l'amenons au Saint-Sépulcre, quelques années plus tard, ayant auparavant visité le Mur qu'il a caressé, demandant à Dieu que je ne mente plus quand je lui promets, en vain, cadeaux ou dessins animés. À son école aujourd'hui, son ami Youssouf, footballeur à principes, lui raconte l'Islam et rappelle à Octave que comme les musulmans, les juifs ne mangent pas le cochon.

Pourtant Octave en mange.

« C'est vrai que c'est interdit ?

— Camille n'en mange pas mais Théo en mange et quand tu seras grand tu feras comme tu veux. »

Comme il est carnivore et féru de riz cantonais, Octave repousse à ses dix ans sa soumission au dogme, mais en attendant veut apprendre l'hébreu. Vais-je devoir retrouver le Rav Brit Milah magique, pour confirmer sa prime initiation ?

Le 21 août 2012, la fête est bien belle pour la circoncision d'Octave. Au printemps, la gauche a gagné les élections. Le gouvernement est truffé de mes amis d'avant. En connais-je du monde, moi qui ne suis plus rien. Le nouveau ministre de l'Intérieur Manuel Valls est de la partie, dans cet appartement que Kathleen et moi louons en attendant que notre nouvelle demeure soit retapée. Manuel est d'une fidélité qui rétrospectivement m'émeut, sachant ce que je lui ferai, quand je deviendrai, parmi d'autres mais plus coupant, plus net, un des contempteurs de son durcissement à droite.

Ai-je déjà commencé ? À son arrivée chez moi, j'ai blagué, d'une stupidité qui prouve moins ma morale que mon dérèglement. « Tu as des Roms en bas, si tu veux t'occuper. » Il n'a pas ri. Je devine ce qu'il voit : un homme à la dérive en dépit de son bruit, que plus grand monde ne considère, et qui galèje pour faire illusion. J'ai beau fêter ma gloire de mon fils, la honte des faibles me prend.

- 53 -

Il est plus facile d'en parler aujourd'hui, à l'abri d'une prospérité retrouvée, que je m'interdis de ne pas voir transitoire. Quand Octave naît, je n'ai plus de travail, et peu de chance d'en retrouver.

Au printemps 2012, Kathleen au ventre déjà bien arrondi, j'ai été renvoyé de l'hebdomadaire *Le Point*, où j'étais arrivé huit mois plus tôt. J'en suis traumatisé ; on peut me faire cela ? Franz-Olivier Giesbert, souverain du magazine, est intelligent, cynique et mondain. S'il m'a exécuté, qu'importe ici le fond de l'affaire, s'il m'a envoyé au néant, c'est que je ne suis rien.

Dans mes nuits blanches, je me sens transparent.

Je vais avoir cinquante ans et je ressemble aux statistiques, aux dossiers que montent les magazines sur ces salariés qui passent la date de péremption. J'ai entrepris la tournée des possibles. Il n'y en a pas. Je suis interdit parfois, oublié ailleurs, je n'intéresse pas.

Je passe des piges à *Marianne*, un hebdomadaire batailleur que tiennent des hommes qui ont fait partie de ma vie, avec qui j'ai travaillé dans une fusion adolescente avant de chercher ma propre fortune, mais dont j'ai trop espéré l'indulgence ; je ne les connais plus, ça ne durera pas.

Par Charles Biétry qui a inventé le sport sur Canal +, qui est breton et social-démocrate et m'aime bien, je parle football sur une télévision nouvelle, BeIn Sports, qu'il dirige pour un groupe qatari. Cela me rajeunit : j'ai débuté il y a un quart de siècle comme journaliste de sport, j'en ai écrit des histoires. Mais sur le plateau, je ressens la gêne de ceux qui m'accueillent. Je sais parler autour du football, je ne sais rien exprimer sur le jeu en lui-même. On cherche une expertise technique, de la science du ballon. Je n'ai ni ce talent, ni les codes, ni le regard. Mon intelligence n'est pas celle du corps. Du foot, j'aime l'odeur et l'histoire et la mélancolie. Le reste m'est opaque. On me fait pourtant de la place ; on m'invente un édito de vieux sage, pourquoi pas. En attendant mon tour de parole, j'écoute les analyses d'anciens champions que j'estime. J'apprends à leur contact. Ce sont de bons moments.

À côté de cela, rien. Ma carrière est fichue. Je suis tricard. Je mets du temps à l'admettre. Ma vie de journaliste ne se rattrapera pas, elle est comme mon mariage, forclose et figée, et déjà avec Kathleen, nous mûrissons des poisons.

Tout se mélange dans les premiers désarrois. Je chute et j'en suis détestable. L'irrémédiable n'est pas seulement métaphysique. Il est concret. Si nul ne me veut, comment nourrir Octave et Théo, comment être là pour Camille, préserver ma famille ? Kathleen gagne si peu, elle débute à peine. Je vis des cauchemars. L'humiliation me ronge. Serais-je traître bientôt ? Mais je n'ai en réalité plus personne à trahir : j'ai bien trahi avant et bien déçu. Voici l'addition.

- 54 -

Quand ai-je perdu pied ? La mort de Valérie ne m'a pas détruit : j'étais friable avant, dévoré de faiblesses avant de m'effondrer.

On ne sait pas tout de suite que l'on devient indigne. On travaille tous les jours, on fait des belles choses mais à côté on s'oublie. Au bout du chemin, ce sont les fautes qui se dresseront devant vous, on n'est pas étonné si on a lu *César* de Shakespeare.

The evil that men do lives after them, the good is oft interred with their bones.

Le mal que font les hommes vit après eux ; le bien est souvent enterré avec leurs os.

Je suis donc enterré et mes os sont glacés.

J'ai commencé tôt.

The good. En octobre 1989, je viens de connaître Valérie, je la laisse et pars muni de ma gueule fraîche en Allemagne de l'Est. Dans le désordre du communisme qui se grippe, dont les cerbères me prennent pour un étudiant, je descends à Leipzig et me mêle aux Saxons qui défient le régime, prennent le *Ring*, le boulevard circulaire, chantent sur des airs de football devant le siège de la police secrète. Ayant connu et raconté une révolution et attrapé au passage une angine, je rentre chez moi.

The evil that men do. Un an plus tard, le même homme croirez-vous, je joue les chiens de garde de Bernard Tapie, patron de l'Olympique de Marseille, que l'on soupçonne déjà de truquer des matchs, mais en faveur duquel j'écris sans prudence : il chante aussi contre Le Pen et est en cheville avec le journal qui m'emploie. Tapie appelle chez moi, flatteries gouailleuses. D'une veulerie dont je suis conscient, je surpasse le regard consterné d'un ami plus digne que j'ai attiré chez Tapie et qui, lui, ne cède pas ; je dissipe l'écœurement léger que je m'inspire.

Être enterré. Trois ans plus tard, en 1993, l'affaire OM-VA éclate. Le grand Olympique de Marseille a corrompu des joueurs du petit club de Valenciennes. Tapie va sombrer. Je me rachète à mes yeux, sortant mon lot d'infos avec d'autant plus de rage que j'ai failli. J'écris en même temps un livre avec Basile Boli qui est mon ami, star de Marseille et buteur victorieux en finale de la Ligue des champions : je gère des incompatibles, mon amitié pour le joueur et ce que j'écris sur son patron, dont les gros bras, me dit Basile, pourraient me faire un sort ; je fais semblant d'y croire, le tremblement peut laver mes péchés.

Ce n'est qu'un prologue. J'installe mon équation. Promettre le meilleur et le gâcher, me rattraper au détriment de toute logique, rendre autour de moi les choses si compliquées que je ne peux que perdre. J'ai en moi une faiblesse de caractère, qui me rend perméable à la peur comme à la séduction des puissants. Je possède une capacité à me raconter des histoires, pour nier ce que j'accomplis. Je ne deviens estimable qu'en deuxième intention.

Je fais pourtant en grandissant un journaliste honorable. J'écris parmi les premiers sur l'antisémitisme renaissant : je raconte ces juifs que l'on frappe à nouveau dans la République et j'expose Tariq Ramadan en Tartuffe islamiste. J'ai remonté les méandres des convictions et de la vie de Lionel Jospin, trotskiste révolutionnaire infiltré au Parti socialiste dont il aura fini par devenir le chef, solide Premier ministre dont j'écris la biographie. Je suis entré au *Nouvel Observateur*, saint des saints de la gauche. Travaillant sur Jospin, j'en ai appris sur les dénis des grands hommes clivés, porteurs de doubles vérités, sincères et menteurs aussi bien quand ils n'ont pas le choix : me pressentais-je dans Lionel, quand rien ne m'était arrivé ?

Le 21 avril 2002, nous promenant le matin de la présidentielle avant de retrouver nos postes, Valérie près de son ministre, moi au journal, nous croisons Jean Daniel, père et fondateur de *L'Obs* : il est inquiet. Jean sent bien les choses. Devancé par Le Pen, Jospin est battu au premier tour. Quelques jours plus tard, je vais récupérer notre voiture dans la cour du ministère de l'Enseignement professionnel. Valérie l'a abandonnée après la cuite de défaite du cabinet Mélenchon. Nous savons alors qui nous sommes et pour qui nous buvons.

Les années 2000 sont de bonnes certitudes. À *L'Obs*, j'ai trouvé ma place dans un hebdomadaire élégant de mœurs et de pensées. On m'invite à des débats, à la radio, à la télévision. J'aime un peu trop cela. Valérie me regarde, contente et lucide. *Tu devrais moins crier à la radio, tu as l'air d'un dingue.* Elle s'est arrachée aux doutes. Elle se fait au travail des copines-collègues blondes et heureuses qui l'agréent et l'aiment. Camille et Théo vivent une enfance protégée du bon côté de Montmartre. Sans doute la bourgeoisie nous guette, mais elle n'est pas si méchante. Nos vacances sont belles en Corse, en Italie. Nous avons des amis.

Je vais détruire ma paix. Je ne sais pas pourquoi. Les trahisons chantent à mes oreilles. Je couche avec. Je ne sais vraiment pas pourquoi.

- 55 -

En 2006, Ségolène Royal devient la candidate du Parti socialiste à l'élection présidentielle et *Le Nouvel Observateur* chante ses louanges comme s'il l'avait inventée. Mes ennuis vont venir. Je n'entends chez Royal qu'approximations et démagogie. Je le montre un peu trop et ne suis plus heureux. Le ségolénisme est maître de l'heure, ses adeptes banquettent avec leur candidate, les sceptiques n'en sont pas. J'écris moins. Je me sens humilié. C'est arrivé ?

Au mois de février 2007, un député socialiste claque la porte de la campagne présidentielle. Il s'appelle Éric Besson et connaîtrait l'économie. Il a des choses à dire sur la candidate, qui ne sont pas aimables. Je suis en vacances à la neige, sur un télésiège avec mes enfants, quand on m'appelle de Paris ; c'est ma maison, Grasset. « Besson, tu vois ? Le dissident socialiste ? On va publier son livre. Ça t'amuse de l'écrire avec lui ? » Je glousse de contentement. Je deviens Pluvinage.

Il me faut trois jours pour trousser un pamphlet sous forme d'interview. Besson aime le football, nous nous entendons bien. Je cisèle les mots d'un social-démocrate écœuré par le populisme de Ségolène. À lire aujourd'hui, à l'aune du parcours futur de la dame, je peux à peu près assumer. Sur le moment, je suis même fiérot. Si les patrons de *L'Obs* étaient cohérents, le journal serait sur ma ligne ! Mais justement non. *Right or wrong, my country.* On ne renonce pas à la gauche sur des scrupules esthétiques quand on est *Le Nouvel Observateur*. Je viens de perdre ce qui est ma famille.

Qui connaît Madame Royal ? explose dans une campagne dévastée d'incompétence. La bombe ne change rien à la France : Sarkozy l'aurait emporté de toute façon ; seuls nos destins, à Besson et moi, en sont amendés. Le livre se vend, ce n'est ni surprenant ni négligeable : qui crache sur trente deniers ? Mais l'argent n'est pas tout. Au soir du premier tour, Éric se proclame sarkozyste et sera fait ministre avec la victoire. Ayant changé de camp, il se montre rationnel et concret. Il connaît les limites qui s'imposent aux transfuges : les passages de la ligne ne se pratiquent qu'une fois. Il accepte toutes les tâches et grandit dans sa nouvelle maison. Il a trahi proprement, sans idée de retour. Il est un transpolitique comme il y a des transgenres, il habitait simplement la mauvaise identité.

Je ne suis pas Besson. J'ignore sa simplicité et bientôt ses conseils. Je crois en ma vertu.

Théo m'accompagne dans l'isoloir au second tour de la présidentielle. Il en a tant entendu à la maison qu'il prend un bulletin Sarkozy pour le glisser dans l'enveloppe. Je l'arrête. Il a douze ans. *Chez nous on ne vote pas à droite.* Chez nous, on fait des livres, et ensuite, on se rattrape. Nous déchirons des bulletins Sarko et Ségolène pour fabriquer un vote nul.

À Marseille, couvrant un meeting en fin de campagne, j'ai croisé François Hollande, chef de parti et compagnon de la candidate qu'il quittera bientôt, que j'ai connu jadis chroniqueur économique au *Matin de Paris*, journal socialiste où, gamin, je couvrais le sport. « Tiens, voilà le traître », me lance-t-il. Je suis outré. À *L'Obs*, certains ne me parlent plus. Ont-ils raison ? Il faut imaginer Pluvinage un peu malheureux.

Un an plus tard, le groupe Lagardère me propose des honneurs et des sous. Je n'y résiste pas. La farce est jouée. Je n'offre pas de pot de départ au *Nouvel Observateur*. Qui serait venu ?

- 56 -

À la rentrée 2007, me voilà l'éditorialiste de la matinale d'Europe 1. L'intitulé m'intimide. Je bride ce qui me reste de convictions. Je ne serai cette saison-là ni drôle ni dérangeant. Fais-je du journalisme ou des pirouettes ? Je suis un personnage des menuets parisiens. On m'invite aux déjeuners de l'Élysée et même dans les avions de Nicolas Sarkozy. J'avance bardé de titres prestigieux dont seul je ressens l'illusion.

Je suis également rédacteur en chef au *Journal du dimanche*, une institution familière, qui me révèle un étrange personnage : je suis bientôt détesté et détestable, rejeté et impatient, un petit chef de bonne volonté, c'est encore pire. Je suis méprisant, méprisable, ridicule, je le sens. J'ai un beau bureau et des meubles en bois ; j'émarge un échelon au-dessous de la voiture de fonction dont jouissent mes supérieurs : un directeur et un directeur adjoint de la rédaction qui ne valent pas qu'on s'y attarde. Je ne vaux guère mieux. Je me souviens des temps anciens et je pleure.

Jadis je partais en reportage chez les altermondialistes et tutoyais Besancenot. Autrefois je racontais le football et après les matchs nous allions en bordée. Avant j'étais jeune et entouré d'intelligence. Que me suis-je infligé ?

Je relis des papiers que je trouve mauvais, je corrige et réécris, humilie puis console. Je suis toxique et m'épuise. Je fais du mal aux autres. Je ne sais pas les aider. J'essaie d'amadouer. Je n'ai pas un ami, qui oserais-je croire ? Je reçois un appel de l'épouse d'un journaliste qu'on m'a imposé comme adjoint. Ces hiérarchies sont enfantines. Soldats de plomb, journalistes plombés. L'épouse me parle comme on s'adresse aux bourreaux : son mari est fiévreux, il ne pourra pas venir, cela ira ? A-t-il pensé que j'allais le saquer ? En serais-je capable ? Le même adjoint envoie en reportage inutile à l'autre bout du pays une journaliste enceinte et épuisée, parce que, me dit-il, « j'ai cru comprendre que tu le demandais ». Je n'ai rien demandé, je ne voulais rien et surtout pas cela. Ces gens sont dingues, ou est-ce moi ?

Je parle mal aux autres. Je fais des blagues, elles sont vulgaires. J'ai toujours pratiqué un humour de vestiaire, mais devant des copains, des amis, je n'en ai pas ici. Je fais n'importe quoi.

Je lâche un jour en petit comité une plaisanterie sur ma virilité. Une journaliste la prend pour elle. Je découvre après plusieurs semaines que la rédaction papote : je l'aurais harcelée en lui parlant crûment de mon sexe ; elle s'est plainte, on lui a dit qu'elle avait bien raison.

Je n'en savais rien.

Ce sont des mœurs de couloirs, où l'on cancane et ricane ; il y a moins d'indignation que de méchanceté ; un peu de délation. Je trouve dans les bulletins de paie, au mois de décembre 2008, un petit prospectus contre le harcèlement sexuel. Il s'agirait de moi ? Le directeur du journal demande à la société des rédacteurs une accusation nominale. Il veut donc ma peau, je l'ignorais. Il y a pire : je crois devenir fou. Je ne me souviens de rien.

J'arrive à me rappeler ma blague. Je me revois être grossier, mais sans viser personne. Du harcèlement ? Un témoin de la scène, rigolard, me promet que je suis innocent. Donc un malentendu ? Je me confonds en excuses auprès de ma consœur. C'est une jeune femme brillante dans une maison de fous. Je ne supporte pas qu'elle me pense un salaud. Je sens sur moi une catastrophe possible. Je veux devenir son ami. Nous parlons bouquins. Je devrais demander pardon à tous ceux qui me détestent et que j'ai trahis par ma médiocrité.

Ma vérité s'est échappée de moi. Un soir de novembre, j'ai entendu mon nom aux Guignols de l'info, qui sont encore une émission que nos amis regardent. Une marionnette anonyme – je ne suis pas si connu qu'on ait reproduit mes traits – est torturée par Nicolas Sarkozy : « Askolovitch, vous n'avez pas écrit cette semaine que j'étais le maître du monde. » Le dimanche précédent, j'ai commis le plus vain des reportages en accompagnant le président à Washington au premier G7, dans un récit *insider* qu'on croirait parodique tant il manque de distance. Les génies qui dirigent le journal l'ont titré « Sarkozy en maître du monde ». Les mots me collent à la peau.

Je suis devenu cet éclat de rire : ces unanimités ne se discutent pas. Si tout le monde le dit, j'ai dû faire quelque chose. Je peux plaider, mon sort est réglé. J'en suis seul responsable. Si je ne suis pas coupable, je pourrais l'être aussi bien.

« Antoine Bloyé est un homme qui est constamment rongé par la mort, parce qu'il n'accomplit pas les gestes qui l'annulent. Il n'accomplit rien ; comme tous les hommes de la bourgeoisie, il vit d'une manière imaginaire dans un monde de fantômes : les fantômes du devoir, de l'amour, du travail, de l'ambition, du succès. Sa vie n'a pas de sens, pas d'espoir. Il connaît l'angoisse de la mort à cause de ce vide radical. »

Paul Nizan parlait de moi.

- 57 -

Valérie a connu ma chute. Elle m'a vu me défaire, me renfermer d'abord, vexé, épuisé. Je lui ai avoué que j'avais tout gâché. À son travail, elle ne laisse rien paraître. Elle se ferait écorcher vive plutôt que d'admettre que Claude a sombré. Elle m'écoute les matins sur Europe comme on monte la garde. Sa famille est une forteresse.

J'ai dû dire à Valérie – je voudrais disparaître sous terre – qu'une collègue pense que je l'ai harcelée. Elle ne m'a engueulé que doucement. Je dois grandir maintenant ! Je lui dis – j'ai honte de ma faiblesse – à quel point je suis seul. Le directeur du journal m'envoie des messages sur mes dysfonctionnements. « Il monte un dossier pour te virer », me dit Valérie qui dans la communication en a vu d'autres.

C'est un couronnement de notre couple : je l'écoute.

Valérie me décrit les mœurs des entreprises, les courriels accumulés qui font les ruptures de contrat. Elle me dit comment répondre ; ne jamais se départir d'un ton positif et acter la mauvaise foi de la partie adverse. Je suis un bon élève. Je réponds à mon directeur comme on joue aux échecs. Valérie me coache. Nous jouons en défense. Il nous reste cela au cœur de la fatigue. Avons-nous fait un étrange chemin depuis l'escalator du Forum des Halles, et mon appartement sous les toits, qui ressemblait, disait-elle, à la Bohème d'Aznavour. Il nous reste une poignée de semaines pour construire mes souvenirs.

À la fin mai 2009, nous allons écouter Johnny au Stade de France. Valérie a une manière de danser qui n'appartient qu'à elle, serrant les poings et battant l'atmosphère. « Allumer le feu », sur lequel elle danse, deviendra un chant sacré, comme « Les Moulins de mon cœur », qu'elle enregistre sur son portable ce dernier printemps.

Un soir de juin nous sommes parmi les invités aux soixante ans de Dominique Strauss-Kahn, qui peaufine au Fonds monétaire international son aura de sauveur de la gauche, qui lui fait allégeance dans un restaurant des Buttes-Chaumont. Nous sommes assis avec les Valls. Toutes ces révérences rendent Manuel bougon. Quand donc viendra son tour ?

Avec Manuel, nous nous voyons beaucoup. Il avance en flibustier. La gauche est un bloc de frustrations, le sarkozysme une pétaudière. Manuel s'amuse à offusquer.

Le 14 juillet 2009, les socialistes décident de boycotter la Garden Party élyséenne. Par principe, Manuel s'y rend. Je suis des journalistes invités. De la pelouse, j'envoie un SMS à Carla Bruni, avec laquelle je bavarde parfois, avec qui je me dis qu'il faudrait écrire un livre : j'en suis à vouloir devenir le griot de la reine. Nous ferait-elle passer *backstage* ? Nous nous retrouvons dans un petit salon où le président complimente ma veste à fines rayures blanches et bleues, parfaite copie d'un vêtement fétiche des étudiants de droite des années quatre-vingt. Manuel empêche la maman de Carla de tomber de sa chaise. Nous allons ensuite, lui et moi, manger une salade à l'hôtel Bristol où le pouvoir ces années-là se sustente. Nous sommes ravis de notre équipée.

J'en arrive en retard à la clinique de mon père, où la famille s'est retrouvée. Ce jour-là, dans le jardin ensoleillé, papa est en verve paillarde. Tout le monde rit. Valérie est joyeuse. Deux jours plus tôt, je lui ai crié dessus pour s'être trompée de chemin. Le champagne élyséen atténue mes impatiences.

Dix jours encore et je dégrise. Valérie agonise, Valérie s'en va. Elle aura emporté l'image de ma défaite. Elle a murmuré « tout ça pour ça » en apprenant qu'Europe 1 changeait ses plans et me sortirait de la matinale à la rentrée. *Tout ça pour ça.*

Le dimanche avant sa mort, nous prenions un café à la terrasse du Zèbre de Montmartre. À côté de nous, un jeune homme sortait d'une première nuit avec une amoureuse. Il allait la revoir. Il se confiait aux inconnus d'un matin. C'était bien son tour. Nous l'encourageâmes avec chaleur. Valérie ne serait pas morte, je n'y penserais plus aujourd'hui.

- 58 -

On n'exécute pas un nouveau veuf dans les bonnes maisons. On le débranche plus tard, quand cela devient décent. Valérie morte, il faudra deux ans aux gens de Lagardère pour purger un malentendu. Je ne leur en tiens aucune rigueur.

J'ai été inadéquat depuis le premier jour. Après la mort de Valérie, je deviens un problème. Je multiplie les conflits et les querelles. Je sèche les réunions et je fuis le bureau. Je colle à Kathleen dans ses reportages parisiens en espérant l'entraîner à l'hôtel. Je ne me supporte que près d'elle et avec mes enfants.

Je me réveille les jours de bouclage, où j'écris désormais des billets chauffés à blanc. J'ai largué la prudence. Je dénonce la « droite folle » et défends les Roms que le pouvoir maltraite. Nicolas Sarkozy a renoncé au libéralisme pour flatter les rancœurs qu'il nomme « identité ». Je prends son retournement comme une offense personnelle. M'aurait-on dit qu'il finirait ainsi, je ne me serais pas compromis.

Je solde des comptes et précipite ma chute. Le groupe Lagardère n'avait pas engagé un écorché vif en mal de rédemption gauchiste, mais un ambitieux Sarko-compatible. Je déchire le pacte. À l'enterrement de Valérie, chacun a vu une couronne offerte par la présidence. La gentillesse des Sarkozy n'est sans doute pas feinte. Mais je ne peux plus me traîner à la Cour. Je me suis trop retenu autrefois.

« Tu dois faire quelque chose de ton deuil », m'a dit Nicolas Hulot que j'aime beaucoup, qui porte l'abominable souvenir de son frère suicidé un soir de réveillon. Sa phrase me poursuit. J'arbore désormais une barbe de naufragé et mes yeux sont fous. Je me prends pour Braveheart que la mort a touché. Que pourra-t-on me faire ? Au journal on sait bientôt pour Kathleen, dont le contrat ne sera pas renouvelé. Dans les couloirs, on m'appelle « le veuf joyeux ». J'en vomirais, et en même temps je ne suis plus là. À l'été 2010, on convient de me dispenser de présence. Les vendredis, j'envoie ma chronique toujours plus radicale et indécemment payée. Un an après, les instances du groupe veulent me sortir d'Europe 1 et me rapatrier au journal. Je démissionne sans prendre d'indemnités, un peu plus libre, un peu plus nu.

L'automne 2009, j'ai accepté d'écrire un livre, qui sera la narration officielle du futur candidat, futur président, Dominique Strauss-Kahn. J'ai dit oui par habitude, amitié, adhésion et stratégie, pour revenir à gauche, rentrer à la maison. Parce que Valérie était belle à l'anniversaire de Dominique. Parce que je ne sais toujours pas dire non quand on me flatte. Je devine que je fais une bêtise. Je me protège en refusant l'obstacle. Je n'entre pas dans le livre. Je rêvasse au lieu d'avancer.

J'aime bien bavarder avec Strauss-Kahn, dont l'intelligence est un remède à la mélancolie. Je ne vois pas ce que j'en écrirai. Je finis par trouver mon canevas : l'histoire d'un juif heureux parti à la conquête d'un pays attristé, qui lui ressemble si peu : cela finira mal ? Je construis un essai dont les premiers mots n'annoncent pas un triomphe. « Un jour, forcément, nous le détesterons. » On ne m'a pas fait venir pour cela. Je porte sur les êtres un regard d'endeuillé contagieux ; je devine en chacun sa catastrophe possible. Ai-je porté malheur à Dominique ? À New York, une employée de l'hôtel Sofitel entre dans sa chambre. Elle l'accusera de viol. Il disparaît dans le scandale et mon livre avec lui. Je me demande si l'histoire n'agit pas contre moi.

Je sors inexorablement du monde du pouvoir. À force d'étrangeté, je perds l'estime des gens sérieux. Kathleen s'inquiète de mes cavalcades. *Tu es en roue libre.* Mais si j'arrête, je tomberai pour toujours. J'ai appris la fin de Strauss-Kahn chez Kathleen, à Tréguier dans les Côtes-d'Armor, le jour du Pardon de saint Yves, patron des avocats. Je ne saurais concevoir des mondes aussi étrangers l'un à l'autre que cette Bretagne où, sur des pierres humides, processionnent des robes noires derrière de saintes reliques, et ce scandale new-yorkais, où la pulsion de mort a emporté un jouisseur de génie.

Kathleen est envoyée à New York par le journal qui l'emploie. Elle raconte l'humiliation de Dominique menotté devant un tribunal. Elle me remplace pour la première fois.

- 59 -

Je cherche le paradis perdu. Je me souviens qu'avant le malheur, je fus heureux au *Nouvel Obs*, simplement reporter dans un journal féru de style. *L'Obs* m'est interdit mais *Le Point* m'accueille l'été 2011. Tout peut donc revenir à l'identique ? Je me précipite dans une autre illusion.

Le Point est une armée huilée, dirigée par de joyeuses brutes que les états d'âme importunent. Je ne suis encore qu'un tremblement. J'ai accroché un drapeau de l'Espagne républicaine au mur, et posé des photos de Valérie près de mon bureau. C'est un fantôme triste que l'on a engagé.

J'essaie pourtant. Je propose des reportages sur les mouvements insoumis, qui occupent des places publiques en Europe, en Amérique, en Israël. On en sourit dans ce journal de droite pragmatique, comme on sourit des jeunes gens exaltés. J'accompagne des enfants roms qui sentent comme les rats qui infestent leurs refuges, mais qui sont braves et vont à l'école en surmontant la honte.

Ce n'est pas cela que l'on attend de moi, plutôt des histoires de voleurs et d'un roi des gitans qui en Roumanie organise des rapines, ne le savais-je pas ?

Je sens monter en Giesbert des agacements dangereux, que freine sa nature sceptique. Nous nous croisons depuis des années. Je l'appelle Franz, comme tout le monde. Nous ne nous connaissions pas vraiment. Nous nous sommes trompés. Je suis rétif et méfiant. Je ne lui montre aucune reconnaissance. Pourtant, avant lui, n'étais-je pas à la rue ?

Le jour de mon arrivée, j'ai raconté ma vie à Franz. J'ai une compagne, nous envisageons un enfant. Giesbert m'a dit alors, parlant de Valérie : « Eh bien, tu l'as vite oubliée. » Il a ri. Depuis, je le hais sournoisement. Il exsude les petites perversions. Il s'amuse avec moi. Je suis faible, peu productif, prétentieux sans doute, et assez peu sympathique pour qu'il résiste longtemps à l'envie de me tuer.

Après quelques semaines, je n'écris plus guère. Je ressemble à ces footballeurs transférés à tort, auxquels on ne passe pas la balle, et qui ne se battent pas pour aller la chercher.

On m'a confié une enquête dont l'intitulé dit sa conclusion souhaitée. « L'Islam sans-gêne ». Il faut dénoncer des piscines non-mixtes et des intégristes qui perturbent les hôpitaux. Je ne vais rien en faire. Je le sais d'avance, cette mission est ma fin. Une sincérité me force. Cela fait plus de vingt ans que je travaille sur les fractures françaises. Ce n'est pas tant l'Islam supposé invasif qui me préoccupe que le rejet systémique des musulmans ;

leur mise en accusation permanente, paternaliste ou vindicative, idéologique, l'imputation qu'on leur fait de ne pas être *vraiment* de la France et de la République.

Le Point est féru de laïcité dure. Je ne suis pas au meilleur endroit pour mettre en phrases mon islamophilie.

« Claude, quand vous allez emmerder quelqu'un, demandez-vous d'abord si ce n'est pas vous que vous mettez dans la merde », me dira ma psy Catherine quand tout sera accompli. Et puis aussi : « Vous ne pouviez pas éviter d'entrer en conflit sur cette question de l'Islam, passer le sujet à un autre et vous faire oublier ? » Et puis enfin : « Vous vous comportez pour que les gens agissent contre vous, et vous amènent là où vous voulez aller. Au lieu de quitter un journal, vous vous arrangez pour qu'on vous en chasse. »

Catherine est forte. C'est arrivé ainsi.

En février 2012, Marine Le Pen épice sa campagne présidentielle en proclamant que la viande halal, issue de l'abattage rituel musulman, est devenue hégémonique en Île-de-France. « Claude, puisque tu travailles sur l'Islam, tu prends le papier ? » Je prends. Je disperse la propagande de la candidate frontiste et fais monter en ligne un copain, aujourd'hui décédé : Malek Chebel, intellectuel généreux, bon vivant, musulman des lumières aimant le vin et la chère, mais excédé par ces attaques sans fin contre la religion dont il vient. Il rappelle que la viande halal n'est pas une susbtance magique, simplement de la viande, et nul ne deviendra musulman par ingestion de bidoche.

L'article ne plaît pas. Giesbert est végétarien, déteste les abattoirs en général, et singulièrement les abattoirs rituels où l'on égorge les bêtes sans les assommer : il croit au danger que dénonce Marine Le Pen. Il me déteste aussi. Il me convoque un soir pour acter mon renvoi. La conversation est pénible et lunaire.

Cette nuit-là, auprès de Kathleen enceinte et endormie, je rédige dans ma tête dix lettres de supplique ; au matin je renonce à faire ce plaisir à Giesbert. Je traîne un peu pour boucler quelques papiers, ils sont bons, je m'en flatte, je négocie mes indemnités et je quitte un journal où j'aurais pu être heureux. L'été vient, Octave naît et je suis vraiment nu.

Les années suivantes, je détesterai Giesbert avec trop d'enthousiasme. Je l'insulterai un jour dans la rue. Cela m'embarrasse désormais. C'est à ces vindictes qu'on reconnaît les ratés. Giesbert m'a pris et m'a jeté ; quand il me chasse, il sait que ma compagne attend un bébé. Mais qui suis-je moi, l'inadapté ? Pourquoi à chaque emploi dois-je être un dissident ? Puis-je réclamer d'être payé sans obéir ni estimer ?

J'ai mis un peu de temps à prendre mes pertes. J'aime désormais citer *Le Point* dans mes revues de presse. Je déteste toujours Giesbert, mais sans intensité. *La Provence*, qu'il dirige dans sa retraite marseillaise, est un bon journal. Il connaît son métier. En 2012, il a été l'instrument de ma nécessité. Il fallait que je tombe encore ; que j'aille au bout de ma solitude, que je me pardonne de vivre. Je devais expier.

- 60 -

J'expie donc. C'est assez radical. Le chômeur a peur du vide. Il en devient mauvais. Je me bats avec Kathleen. Les courants d'air de notre appartement confirment ma déchéance. Me viennent les réflexes fascistes des déclassés. Je suis à peine urbain avec le voisin du dessous, un vieux monsieur de belle stature qui fut artiste et vit dans un studio aux murs toujours humides, dont j'entends la musique, dont je sens les odeurs de cuisine. Il est gentil et doux. Il incarne ma perte. Mon agacement transpire. Je déçois mon fils qui aime bien le bonhomme. Théo me trouve odieux et ne me comprend pas.

En même temps, ces avanies sont palpables. Mes colères naissent du bruit, d'un mur lézardé, d'une odeur, de la peur de manquer. Ce que je rencontre est un malheur minéral. Il se quantifie. Je suis sorti de l'argent facile et des gloires qu'on redoute de perdre, du sommeil agité des placardés, de la notoriété d'apparence. J'ai de vrais problèmes.

J'apprends à piétiner à Pôle emploi parmi ceux qui sollicitent, espérant un agent bien luné qui ne me demandera pas des documents déjà donnés, oubliés, égarés par ses collègues – un agent bienveillant qui saura libérer mes allocations sans me rabaisser. Les premiers mois, je me souviens de la liberté des hommes qui travaillent : pour un rien, je hausse le ton ; je n'inspire qu'une gêne apitoyée. Je me soumets alors, d'abord par ruse et par fatigue. Je fais mine d'accepter mon sort, moi qui jadis engraissais au banquet des apparences. Finalement, je veux en être : un demandeur d'emploi, un de ceux sur qui l'on a des droits et dont on parle sans savoir sur les plateaux télé qui ne m'invitent plus. Je suis cela et j'en suis digne. Un chômeur au milieu des chômeurs, demandeur d'emploi matricule 3978303T, mieux indemnisé que la moyenne mais pas moins dédaigné.

On sait dans Paris que je suis invivable. En cinq ans, j'ai traversé trois groupes de presse, j'ai été un mauvais chef, un journaliste sans discipline, j'ai été servile aux puissants avant de tourner anarchiste. Le veuf que l'on plaignait est au bras d'une jeunesse et lui fait un enfant. Je choque mes amis. Ils me le disent à peine. Qui peut croire à mes larmes ?

Marianne qui m'accueillait me lâche. Ces amis n'en sont plus. Les raisons de mon départ du *Point* me rendent suspect à leurs yeux. Ils sont laïques et n'en plaisantent pas. Ils se souviennent que je fus réputé sarkozyste. Je me retrouve à justifier un mot, un titre, des articles qui ne me disent plus rien. Je perds des hommes qui furent mes témoins ; j'en suis responsable : je suis allé les voir en mendiant, au nom d'une amitié que je ne ressentais plus. On ne reçoit que le mépris qu'on fabrique. Je bois un peu. Sur qui puis-je compter pour gagner ma vie ?

Kathleen m'a montré qu'on peut écrire dans les bars, sur un portable, sans bureau. Ce n'est plus de mon âge ? Les trentenaires y arrivent bien ! Je cherche des cafés sans musique importune. Je suis un vieux qui ne tolère que le jazz et le classique. Kathleen peut écrire dans n'importe quel bruit. Le rap et le son électro n'entament pas ses mondes. Kathleen est une métisse comme son temps. Elle aime aussi bien l'opéra que Jay-Z. Elle me donne au présent le sentiment d'une fluidité rare. Je me sens pataud dans la modernité. J'ignorais le monde qui venait après moi. C'est un vertige tentant. Je me perds de bêtises sur les réseaux sociaux. Je polémique, vaticine et plaisante, je tweete. Kathleen a honte de moi. Quelle perte de temps ! Je devrais écrire des choses belles et je devrais lire.

Tu ne lis plus du tout !

En vérité, je lis et relis un roman italien. Il s'appelle *Chaos calme*, le titre me ressemble ; il parle d'un veuf. Sa femme Lara vient de mourir. Redoutant le chagrin de leur fille, il l'attend toute la journée dans sa voiture garée devant son école.

Je jalouse la constance de cet homme. Je suis heureux qu'il couche avec une autre femme : je ne suis pas le seul. À la fin du livre, sa fillette lui demande de ne plus l'attendre : ses copains se moquent d'elle. Il obtempère et admet le malheur. Il invoque les dieux dans un long monologue qu'il termine ainsi. « Et maintenant vous voulez bien me passer Lara ? »

Peut-on me passer Valérie ?

J'appelle ses numéros. Ils sonnent dans le vide. Un jour, quelqu'un me répond. Je présente des excuses et n'appellerai plus.

J'ouvre parfois son profil Facebook, dont je sais le code : je l'avais initiée. J'attends le milieu de la nuit, pour éviter que sur l'écran d'un enfant, d'un frère, s'affiche la mention d'un fantôme, si quelqu'un réalisait que Valérie Atlan est en ligne. Elle avait été Valérie Askolovitch après notre mariage, quand elle travaillait dans le social. Migrant en politique, elle avait repris son nom de jeune fille. Elle s'était un peu éloignée de moi : elle avait retrouvé son identité. J'entendais cela avec satisfaction et un pincement au cœur. S'éloigner, mais jusqu'où ?

La voilà dans mes limbes. Facebook ne me dit rien que je ne sache déjà. Elle était aimable aux autres. Je me promène en elle, puis suspends son compte à nouveau. Dans *Chaos calme*, le veuf supprime d'un clic tous les messages de son épouse. Je n'ai pas ce courage.

- 61 -

Contre mon désordre, j'écris finalement. Quand les cafés débordent, je monte dans la chambre de bonne de l'immeuble de mes parents, où je dormais adolescent, puis ma sœur après moi. J'y ai laissé des traces. Vingt ans plus tôt, j'y avais posé mon ordinateur, cherchant du calme pour achever un bouquin. Je retrouve des photos que j'avais apportées à l'époque, de Valérie portant Camille bébé, d'une douceur et de lumière rares. Valérie rit et grimace pour Camille enchantée. À cette atmosphère, je trouve des mots. Ils sont ce que je tâtonne, sans penser qu'on me lira.

J'écris, pour une revue, *La Règle du jeu*, un texte sur Strauss-Kahn qui n'est qu'une confession.

J'écris un livre sur les musulmans de France. Tant qu'à tomber, autant le faire proprement.

Je rencontre des femmes voilées, des barbus, des rêveurs sourcilleux d'une foi qui inquiète, des intégristes, des hybrides salafistes et Fateh, un orthopraxe philosophe et entrepreneur web, rieur, drôle et déconcertant, avec qui je déjeune dans un restaurant halal de Stains où il réseaute et prie si Dohr, la prière de la mi-journée, arrive pendant le repas. Fateh est capable de colères obsédantes quand la douleur le prend : il souffre d'une maladie neurologique, qui torture ses muscles et ses tendons, et devient son destin. Dans le microcosme d'Internet, il figure une radicalité religieuse qui ne le résume pas. Fateh a visité Auschwitz quand il était plus jeune ; il en pleure parfois. Il m'appelle Abou Octave. Il voudrait que j'écrive sur Valérie. Nous parlons beaucoup. Il prie pour que je trouve la vérité et rejoigne l'Islam : c'est une preuve d'amitié.

Je ne suis pas capable de telles métamorphoses. Si je ne reste pas juif, ma curiosité s'asséchera.

Je me passionne un temps pour un morceau de France, baroque et nié. Je flotte suffisamment moi-même pour ne pas me formaliser de pieux illogismes. Les étrangetés des croyants font écho aux miennes. Aurai-je un jour des certitudes ? Fateh et quelques gaillards distribuent des repas aux SDF dans le Paris glacé de l'hiver ; le Coran le leur demande. Que me demande ma foi que je pratique si peu ?

Mon judaïsme errant m'oblige aux autres. Il me rend poreux à leurs quêtes. Les regardant, je prie à ma manière, et je cherche un miroir, une porte. Qu'en penserait Valérie ? Elle avait ressenti à SOS Racisme qu'elle, juive, était aussi arabe à sa manière, en plus de tout le reste. Républicaine et socialiste, elle mangeait cachère ; on lui apportait des menus adaptés au ministère et dans les préfectures quand elle servait l'État. Dans les restaurants halal où le vin est banni et la viande est rituelle, je nous revois. Je l'accompagnais dans des restaurants juifs qui reproduisaient pour nous la cuisine profane. Je me souviens, rue du Faubourg-Montmartre, de l'enchantement de Valérie à son premier magret.

Le livre s'appelle *Nos mal-aimés*. Il vient de plus loin que le deuil. En 1989, revenu de la Révolution est-allemande, j'avais retrouvé un pays obsédé par des collégiennes musulmanes portant le foulard dans un collège de l'Oise ; fallait-il les exclure, ces gamines de Creil ? Nous touillions notre identité quand le monde tremblait. Nous sommes déphasés.

Le livre est politique. Il contre ce que l'on pense et professe, dans les bourgeoisies républicaines dont j'étais autrefois. Je suppose que c'est courageux. « C'est un suicide social », me dit Olivier Nora, patron de Grasset, en traversant le boulevard Saint-Germain. Olivier cultive un pessimisme de la liberté. Il a sans doute raison, mais je suis déjà mort socialement ? Autant ne pas mentir.

Nous avons patienté quelques mois avant qu'Octave obtienne une place en crèche. Une dame l'a gardé en attendant. Elle s'appelle Fatoumata ; elle vient du Mali. Elle téléphone souvent vers son pays où la France fait la guerre. Elle élève seule ses filles et prie cinq fois par jour, c'est sa consolation. Un Coran en piteux état l'accompagne. Quand Octave est enfin pris à la crèche, Kathleen et moi offrons à Fatoumata un beau Coran bilingue.

Je raconte l'épisode dans mon livre. Un philosophe, dont j'aime les déchirements mais dont les conclusions m'atterrent, me reproche publiquement de maintenir ma nounou dans l'enfermement religieux. Je suis dans un instant warholien l'adversaire choisi d'Alain Finkielkraut. Cela nous reprendra dans les années qui suivent, au fil de son étrange gloire, quand il devient le paladin d'une France de souche qui serait opprimée, quand l'applaudissent des nouveaux lecteurs qui ne me ressemblent guère et, j'en reste persuadé, ne lui ressemblent pas non plus.

Nous ferraillons de manière inégale ; Finkielkraut est une icône nationale en route vers l'Académie, je suis une ombre qui survit de piges et d'allocations. Il est étrange aussi de débattre de la France, quand Alain et moi nous disputons un autre héritage. Nous sommes d'une espèce décimée, les juifs sionistes de gauche, nous sommes des frères séparés. Nos pères se ressemblaient. Valérie ressemblait à nos pères. Nous avons voulu, nous avons cru, en France, en Israël, aux bonnes volontés. Le temps nous a déçus. Alain s'emporte de pessimisme et de défaites ; je m'arc-boute sur des espérances déçues. Je le vilipende parfois, puis je m'inquiète de lui. Nous nous voulons du bien. Alain m'invite à parler de mes *Mal-aimés* dans son émission sur France Culture. Cela compte dans ma solitude.

« Défendre les musulmans » n'est pas l'option la plus simple dans une France cadenassée. Le livre est attaqué par les vigilants laïques. Je suis un naïf ou un traître, un *dhimmi*, je n'aime pas la France, je la vends, aux salafistes, aux Frères musulmans. J'y perds des amis mais des chauffeurs de taxi me sont reconnaissants. On s'étonne parfois. Dix ans plus tôt, je fustigeais Tariq Ramadan à la télévision et défendais les juifs agressés en banlieue. Je trouve désormais de l'humanité chez des intégristes de l'Islam ? Il faudrait tenir tous les combats à la fois.

À ce moment peut-être, Kathleen est fière de moi.

Kathleen est la personne la moins raciste du monde. Elle découvre sur les réseaux sociaux que mon nom et mon origine peuvent attirer les ordures. Elle n'imaginait pas.

Une sœur de Valérie habite Toulouse. Patricia, qui jouait goal au handball et qui étudiante était joyeuse fêtarde, est désormais notable communautaire. Elle se disputait avec Valérie dans un autre temps, quand nous formions des voeux pour les Motivé-e-s, l'extrême gauche toulousaine venue des quartiers populaires et du groupe Zebda, qui visait la mairie de la ville alliée avec la gauche, mais dont les Juifs, là-bas, redoutaient l'extrémisme.

Les disputes sont passées puis Valérie est morte. Les enfants de Patricia ont été collégiens à Ozar Hatorah, qu'un assassin islamiste a frappé en mars 2012. Les victimes de Merah sont des figures familières. Les enfants du rabbin Sandler allaient à l'école avec mon plus jeune neveu. Benjamin aurait dû être à côté d'eux le matin de l'attentat : chaque jour, la même voiture les conduisait en classe. Ce jour-là, Patricia avait changé ses plans.

- 62 -

La famille de Valérie s'est éloignée de moi. C'est une autre blessure. Mes mondes sont séparés ; je m'éloigne aussi bien, peut-être de honte. Je me sens coupable. Camille et Théo hésitent à parler d'Octave puis de Léon devant leurs grands-parents. Les petits n'y sont pour rien.

Je fais des tentatives. Je descends à Narbonne pour des fêtes juives. Je coupe la Pâque en deux, un soir à Paris, l'autre dans le Midi. Octave voudrait m'accompagner dans cette autre famille. Il ne comprend pas cet impossible-là. Je trimballe avec moi un remords de plus. Je pleure en gare de Narbonne. Je me glisse en zombie dans les goûts et les odeurs inchangés. Je tressaille en redécouvrant ma belle-famille, ses bonheurs de province, la succession des jours qui ne m'ont pas attendu.

Moi qui ai chamboulé mon existence, je m'étonne que d'autres aient vécu et grandi. Les voudrais-je immobiles, une famille-musée ? Ils me manquent et raniment ma peine. Une veilleuse électrique en forme de bougie reste allumée depuis 2009 dans la cuisine de Mercedes. À table je regarde une photo de Valérie joyeuse sur le buffet.

Il faut du temps et d'autres peurs pour lisser la rancune et distraire les remords. Mon beau-père Maurice tutoie la mort de longues semaines, son corps empoisonné dans une opération. Il revient miraculé, amaigri comme un évadé des camps, étonné d'être là, tenace, impressionnant. Cette famille peut à nouveau remercier le ciel. Des fiançailles approchent, des mariages bientôt. Les colères s'estompent. Chacun construit sa paix. J'y suis invité. Les sœurs fâchées désarment. Muriel a des jumeaux de l'âge d'Octave : nous parlons de nos fatigues. Sophie a deux garçons, tout près des miens. Elle est parisienne, à quelques mois près de l'âge de Kathleen. Elle divorce et perd l'intransigeance.

Un jour, je lui propose mon aide. Qu'elle aille se détendre cet après-midi, je viens avec Kathleen, on prendra les enfants ? Aussi simple que ça. En bas de chez elle, Sophie embrasse Kathleen. Nous emmenons mes neveux Jonas et Elyas jouer au football à la Cartoucherie de Vincennes, devant un théâtre où Théo répète une pièce. Octave s'émerveille de ces quasi-cousins et Léon à l'unisson. *Je peux dire cousins ?* Recensant ses familles, Octave les ajoute désormais. *Je suis un peu de la famille de Valérie.*

Mon fils rêve d'unité.

Mes mondes cicatrisent. Je revois mes nièces et neveux qui ont poussé sans moi. Ils me voyaient parfois à la télévision. Où étais-je donc passé ? Tonton Claude réintègre les paysages à petits pas. En 2019, par ma nièce Deborah partie en Israël, je deviens grand-oncle avant d'être grand-père. Valérie manque au chœur des grands-tantes émerveillées. Je tiens sa partie comme je peux.

J'apprends un jour que Mercedes, la maman de Valérie, s'inquiète de ma santé. Je m'occupe de mes petits garçons, je travaille la nuit, je n'arrête jamais, suis-je bien aidé au moins ? Je devine qu'à Narbonne, Kathleen est entrée dans la conversation, une pièce rapportée qui doit faire ses preuves : prend-elle bien soin de moi ?

Je m'en amuse, et puis m'en veux. Je me plains trop de mes doubles journées, de mes levers la nuit ; je cuisine et sers à table et couche les enfants. Mes plaintes ont transpiré, via Camille ou Théo, je ne sais, Sophie peut-être, qui désormais est des dîners de fête ? Je cuisine pour Roch Hachana, je cuisine pour Pessah, « les seins me poussent », dis-je, est-ce maladroit. Je parle parfois comme les femmes parlent, que leurs hommes abandonnent à leur charge mentale. Suis-je un homme mûr, comblé des faveurs d'une jeune femme, ou une ménagère frustrée dont l'âge ne se dit plus ?

J'aime l'idée de Mercedes volant à ma rescousse. Mais je blesse Kathleen dans mes réparations.

La première fête juive où Sophie s'est jointe à nous, mon ami Sylvain s'est arrêté devant elle. *Tu ressembles à Valérie, je suis bouleversé !* Il recommence la fois suivante.

Il est mon frère et ne pense pas à mal. Mais Sophie se crispe à force et Kathleen en souffre et se rétracte. Je la vois perdre sa consistance au bout de la table, son corps recule et s'éloigne de nous. Kathleen s'assoit près de sa maman, Christine, dont l'amour la protège. Les yeux de Christine s'illuminent quand elle regarde sa fille et Octave et Léon, et nous, et sa générosité devrait désarmer nos fantômes. Ils sont coriaces pourtant.

Kathleen est, chez elle, ma compagne, mon amie, la maman de mes petits garçons. D'une phrase elle se retrouve minorée, la seconde épouse. Je suis assis trop loin d'elle pour lui prendre la main. Je m'installe toujours du côté du couloir, pour chercher les plats que j'ai préparés, quand elle se protège entre les enfants et sa mère. Je la regarde et lui souris quand elle se perd en elle.

Un matin, Léon nous lance : « Si Valérie était vivante, ce serait elle ma maman. »

- 63 -

Il n'y a rien d'héroïque dans les reconstructions. Elles arrivent quand on lâche prise. La mienne vient malgré mes fièvres. Je suis sorti des emplois stables, je ne signerai plus de CDI rassurant. Mais à mon étonnement on se tourne vers moi. Je sais encore travailler, je l'avais oublié. Des lumières s'allument. Elles dessinent, une pige par-ci, une pige par-là, ma nouvelle économie de braves expédients. Je ne pense d'abord qu'à boucler mes budgets. Je me surprends ensuite à prendre du plaisir.

Ce sont des enquêtes que me demande un nouveau magazine, *Vanity Fair*, pour lesquels je m'échine des semaines entières, revenant sur ma copie jusqu'à l'écœurement. C'est un magazine en ligne, Slate, où je digresse ; j'expose avec soulagement mon progressisme retrouvé.

Une télévision d'info en continu, I-Télé, dépendance du groupe Canal +, me fait venir comme éditorialiste les fins de semaine. Je suis admis à chroniquer sur Arte, télévision d'intellos, dans une émission d'actualité et de culture, « 28 minutes », dont la présentatrice plisse ses yeux qu'une maladie menace. Nous la regardions dix ans plus tôt avec Valérie quand, la bouille encore ronde, elle parlait cinéma en *access prime-time*. Quand le débat s'ennuie, mon regard se perd, un fantôme me visite. « Reste avec nous petit chat », me dit Sandrine dans l'oreillette, qui est la productrice, et me devine parfois à l'agonie.

Je ne m'habitue pas à être le bienvenu. J'entretiens avec mes sauveteurs-employeurs des relations ambiguës, où ma peur n'arrive pas à céder à la confiance. Je ne suis jamais loin de leur en vouloir. Pourquoi ne suis-je pas en CDI ? Je suis traumatisé. Je sais désormais que l'on peut vous détruire. Je me semble un vagabond recueilli.

Mon corps dit ma faiblesse. Pendant des mois, faute d'honorer les rendez-vous de mon dentiste, j'aborde mes plateaux télé avec une dent en moins, que je dissimule en marmonnant. Je pars en envolées dialectiques la cravate de travers, dans des costumes qui virevoltent sur mes rondeurs. Je combattais jadis mes embonpoints. Je n'en ai plus la volonté.

Je sens d'autant plus mon apparence m'échapper que mes partenaires sont beaux. I-Télé, selon les normes du métier, est une rédaction de jeunes corps désirables. Je suis d'une autre espèce, et vacciné contre les gaudrioles. J'en tire une théorie : *j'atteins l'âge de l'innocuité sexuelle*. Pas assez vieux pour être dégoûtant si je regarde une femme, mais plus assez jeune pour que ce regard ou mes plaisanteries soient pris au sérieux. Je raconte ma trouvaille à Kathleen. Elle ne l'apprécie pas. Je suis son homme et pas un retraité du sexe. Me vieillissant encore, je me mets en danger. Mais je suis sympathique et je deviens gentil. Je ne demande rien d'autre. Peut-être va-t-on m'aimer ?

Les journalistes de I-Télé ne sont pas seulement jeunes et beaux. Ils sont courageux et accueillants, dans une rédaction smicarde qui court derrière BFM. Je deviens leur oncle bienveillant. La patronne de la chaîne est une femme en tension, que j'ai connue à Europe 1, qui me raccrochait au nez quand je lui faisais perdre son temps. Céline est réputée brutale, pour la peine qu'elle prend à être une femme dans un monde de mâles. Je l'aime pour cela, et pour ce qu'elle m'a dit à la mort de Valérie, qui elle aussi me raccrochait au nez dans nos disputes jusqu'à me rendre fou, et qui elle aussi savait que les femmes payent plus cher pour vivre. Céline m'avait entendu au cimetière et m'avait consolé quelques semaines plus tard : « Vous essayiez d'être un couple, ce n'est pas évident. »

J'ai besoin qu'on me le répète. Plus j'avance, moins je suis certain de ce que je fus.

- 64 -

Quand je reviens d'I-Télé, Kathleen m'attend dans un café au coin des Abbesses, où elle partage avec Octave bambin un pain au chocolat. La terrasse où je les retrouve est baignée de lumière. Le présent porte des trésors auxquels je m'abandonne. Des squares, des manèges, des écoles, des rues et des mots d'enfants. Octave puis Léon construisent leur monde et vont refaire le mien.

Mon vieux dos tient le choc de mes paternités. Vingt ans après, je hisse à nouveau des jeunes corps au-dessus de ma tête et babille mes enfantillages.

À zépaules !

Je réapprends des livres ; des comptines, des dessins animés. J'adapte mes blagues au temps qui a passé.

Hier encore, j'entrais avec Camille âgée de trois ans dans des boutiques montmartroises. Elle criait des slogans que je lui enseignais. « Delors dégonflé », glapissait-elle fin 1994, quand l'ancien patron de la Commission européenne renonçait à être candidat à la présidentielle. « Balladur président », chantait-elle quelques mois plus tard, quand le bourgeois favori de l'élection perdait pied dans le pays. « Vous voyez bien, les jeunes sont avec lui », lançais-je aux commerçants. Camille extrapolait. Elle appelait « Ballacochon » le Premier ministre en déroute. Un siècle plus tard Octave et Léon scandent « Blanquer si tu savais, ta réforme où on s'la met » devant leurs écoles, c'est un air désuet, puis « On est là », comme s'ils étaient Gilets jaunes.

J'enseignais jadis à Camille et Théo du Lucienne Delyle, du Fréhel, mes folklores délavés. *Où est-il mon moulin d'la place Blanche, mon tabac et mon bistro du coin.* Jeune père je dédaignais déjà mon époque. Je voulais un autre temps que le mien. Les passés vivent autant que le présent. Je cherche désormais pour Octave et Léon de nouvelles vieilleries. Ils chantent « la Madelon », « le Chant des partisans », ils chantent une rareté d'après la défaite de 1870, « la Strasbourgeoise », qui fait jaillir les larmes d'une orpheline de guerre refusant l'aumône d'un soldat allemand. *Gardez votre or, je garde ma puissance, soldat prussien passez votre chemin, moi je ne suis qu'un enfant de la France, à l'ennemi je ne tends pas la main.*

Je surnomme les garçons Gaston Doumergue et Albert Lebrun. J'aime crier dans la rue des présidents oubliés. Est-ce un simple jeu, est-ce un abri ?

Tu seras un vieux papa, m'avait dit Kathleen quand nous essayions les premières promesses. Je lui montrais une côte à la campagne, que je grimpais à vélo avec

Camille et Théo petits. S'il allait au bout sans mettre pied à terre, Théo avait le droit de jurer, « putain de mes couilles », dans le dernier tournant. « Tu sauras encore faire du vélo avec un enfant ? » me demandait Kathleen. J'en fais. Octave s'est montré cycliste et poète en surenchère. « Putain de mes grosses couilles », crie-t-il dans les côtes. Je le précède avec application, changeant mes vitesses et mes développements. C'est l'avantage de l'âge : je sais faire.

Je pense, regardant mes garçons, que je mourrai trop tôt pour eux. Je joue de mes terreurs. *Qui a le plus vieux des papas ?* Octave et Léon chantent à ma demande. Mon corps a subi. La blancheur de ma tignasse, ces tempes livides surtout que voudrais raser, ma barbe sans discipline, les cernes sous mes yeux, disent ce qui a été volé. *Qui a le plus vieux des papas ?* Je ressemble à mes musiques. Jadis je mimais le passé. Je suis vieux pour de bon. Je l'exagère et le moque. Est-ce moins vrai pour autant ?

Mes enfants réunis sont plus forts et plus vrais que leur père.

Camille et Théo sont devenus adultes. Je découvre un jour qu'ils s'inquiètent pour moi. Je ne dors pas, je grossis, j'élève des petits garçons. Je dois me reposer. Ils ne veulent pas être orphelins deux fois. Camille est avocate. Elle défend des jeunesses venues des quartiers où Valérie travaillait à sa naissance. Théo ranime sur scène le sourire et les gestes de mon père. Cette ressemblance me saisit. Qui d'autre le saura ?

Camille et Théo déboulent chez moi aux fêtes et sans prévenir aussi. Ils dansent avec leurs petits frères. Ils parlent à Kathleen plus facilement qu'avec moi. Elle les aime et ils l'aiment. Je devrais m'émerveiller de leurs rires et leurs complicités ; nous sommes une famille dont la musique me berce ; souvent, une paresse en moi, ou la peur du bonheur, m'empêche d'en être. J'écoute seulement. À la fin des repas, je me retire de table et me couche sur le canapé. Il me suffit d'entendre le bruit de mes enfants, de ma femme. Je sais qu'ils sont là, leur présence veille sur moi. Je m'assoupis alors. *Je me lève tout à l'heure à 2 heures du matin.* Les grands s'inquiètent encore de ma fatigue. Ils ne sont pas les seuls.

Qui a le plus vieux des papas ? « Tu es jeune », me répondent un jour Léon et Octave, contre l'évidence de mon corps, et je comprends qu'ils souffrent quand je décline. Je ne plaisante plus.

- 65 -

En janvier 2015, trois semaines avant que Léon vienne au monde, des assassins sont entrés dans Paris. Ils récidivent en novembre. Mon plus petit s'éveille entre *Charlie* et le Bataclan. Comment prendre sa part de la douleur des autres ? Je m'imagine préparant le chabbat à l'HyperCacher de la porte de Vincennes. Une amie de Valérie, Sandrine, était de ce quartier. Je compte mes conversations manquées avec Charb, que l'on enterre le poing levé.

Le soir du Bataclan, je rentre à vélo du travail, téléphone coupé. Je découvre Kathleen en larmes ; où étais-je passé ? Théo est chez lui et tremble pour sa sœur. Camille est enfermée avec Jules, son compagnon, dans un bar tout près de l'attentat. Je les récupère à 3 heures du matin. Les drames nous frôlent. Sommes-nous immunisés ?

Je n'arrive pas à redouter le terrorisme. Je connais la mort, elle m'a déjà parlé. Elle ne m'impressionne pas. Kathleen se méfie des terrasses où l'on devient une cible. Je n'y pense même pas. Je me découvre distant ; pas indifférent, empêché. Je ne crois pas aux blessures collectives. Les unanimités me gênent comme les deuils nationaux. Je connais bien la peine. Elle est unique et compliquée. Je n'irai pas emprunter celle des autres. Des morts du terrorisme, je ne vois qu'une addition de tragédies uniques. Je trouve poisseux que tant de bien portants se proclament endeuillés imaginaires, et poisseuse la veillée funèbre qu'orchestrent les autorités. On me convoque à des cérémonies dont je n'ai que faire. Je les commente sagement à la télévision.

Après le Bataclan, je suis touché par les larmes d'un homme que j'entrevois dans le poste. Grégory Reibenberg a vu mourir devant son restaurant la maman de sa fille Tess. Elle s'appelait Djamila, ils étaient séparés et il l'aimait encore. Djamila était mince et brune. Lui est un petit juif rond. Je me vois et je vois Valérie. J'appelle Grégory. Je l'ai précédé sur les chemins de la perte. S'il le souhaite, nous pouvons en parler.

Il m'est arrivé de solliciter des veufs, au commencement du brouillard, pour m'étalonner à leurs peines. Pleuraient-ils encore, s'étaient-ils remariés, comment allaient les enfants ? Je cherchais des validations. Je transmets à mon tour. Je déjeune avec Grégory. C'est un enfant du XIe comme je suis de la Butte. Nous nous plaisons un midi. Nous faisons vivre Djam' et Valérie. Je lui raconte Kathleen et mes petits garçons. Je l'encourage à vivre. Il n'avait pas besoin de moi pour s'y précipiter.

- 66 -

La nuit du Bataclan, j'envoyais des SMS à Manuel Valls. Ce fut une de nos dernières tendresses. Où étaient ses enfants, où étaient les miens ? Il ne fallait pas sortir, me disait-il. C'était une étrangeté qu'il soit Premier ministre et notre gardien. J'étais triste d'aimer si peu ce qu'il était devenu.

Les retours à la vie ne sont pas linéaires. Le mien est passé par une trahison. Je ne vois pas comment j'aurais pu l'éviter.

J'ai longtemps attendu avant de fustiger un ami installé au sommet de l'État, dont les paroles et les gestes me devenaient étrangers. Son républicanisme d'autorité me semblait parodique. Comment adhérer à cette virilité ? Au pire, j'en plaisantais. Ils n'avaient donc personne d'autre que mon copain pour dire tant de bêtises ?

J'avais honte de rire. Je me souvenais du message que Manuel m'avait envoyé, le jour où Valérie basculait. « Cette femme ne peut pas mourir, elle t'aime trop. » Nous n'étions plus du même monde, lui au pouvoir et moi dans mon éclipse. Mais au printemps 2013, Manuel venait encore fêter les dix-huit ans de Théo sur un terrain de football en salle que j'avais réservé, faisant sensation en débarquant flanqué de ses policiers, et campant devant le but, homme providentiel oblige, au milieu des gamins.

L'ami n'avait pas changé. Mais le politique professait une laïcité minérale, se montrait dur envers les marges, les migrants, et moquait la générosité de Madame Merkel qui les accueillait.

Je me demandais ce qu'en aurait dit Valérie. Aurait-elle accompagné Manuel au pouvoir ? Aurais-je approuvé moi-même, par amitié, par évidence grégaire ? Un courant de peur amenait au parti de l'ordre ceux qui me ressemblaient – des juifs progressistes, éclairés, de gauche croyaient-ils, que la tournure du monde tétanisait. Tel que j'étais devenu, je n'en étais plus et je ne marchais pas. Étais-je radicalisé par ma chute sociale, aigri simplement ? J'en acceptais l'augure mais la question était vaine. Chacun se détermine au présent.

J'hésitais à écrire. Je pratique un métier de mots et d'analyse. Pouvais-je en exclure un Premier ministre parce que je l'aimais ? Mais alors, à quoi bon ? Je n'étais pas moins libre que Manuel. Il ne m'avait pas consulté avant de gouverner.

Je voulus conjurer l'inévitable. L'été 2015, de vieux camarades me proposèrent de les rejoindre à *L'Équipe*, pour raconter des histoires de football. Je me laissai tenter. Ainsi, j'échapperais au dilemme : la politique ne serait plus mon objet.

Je sollicitai un rendez-vous avec le chef du gouvernement. Il me casa entre deux vraies urgences. « Tu en penserais quoi, si je retournais dans le sport ? » Manuel aimait bien l'idée. Je rajoutai alors – je n'étais venu que pour cela : « Je n'ai plus envie de commenter la politique pour dire du mal d'un ami. » Il avait tiqué, une raideur de la tête et le regard plus noir. Ce fut ma seule tentative. Il avait un pays à charge. De quel droit l'aurais-je assiégé.

Mon transfert à *L'Équipe* capota sur une révolution de palais. Je restai en politique. C'était écrit.

Quand s'approche la fin du quinquennat Hollande, je cède à l'envie d'une amie éditrice. Elle me demande, sur la gauche, un livre personnel. *Comment se dire adieu* sort en janvier 2017. Je convoque mes fantômes et accable un socialisme qui ne survit que dans les commémorations et se résume à des jactances, des duretés régaliennes, des impatiences brutales, un jeune écologiste tué dans le Tarn par la grenade d'un gendarme, le culte obsédant de nos morts des attentats.

Manuel est visé autant que le président.

Je suis apaisé. Pas forcément fier.

Manuel est battu aux primaires socialistes. Je lui envoie un message attendri. « Je ne veux plus jamais entendre parler de toi », me répond-il. Je souris, il est vivant. Des amis communs me quittent à leur tour. Je leur donne raison. Je ne suis plus à quelques absences près.

Manuel et moi avons renoué. J'avais détesté qu'après sa chute, des courtisans du nouveau pouvoir s'amusent à l'humilier. Nous nous sommes revus quand il a quitté le pays. Nous nous croisons parfois à France Inter au hasard de ses interviews. Nous nous regardons un peu embarrassés. J'en rajoute dans l'affection virile. Je ne connais pas sa nouvelle épouse, ni ne me mêle des disputes espagnoles, et j'ignore tout de ses stratégies. Nous sommes un peu contents de nous voir, je le crois.

À l'automne 2019, Manuel passant par Paris, je l'ai invité à prendre un café place des Vosges. L'endroit m'est resté cher et sa maman n'habite pas loin. Quand il s'est assis, je lui ai demandé pardon, si je l'avais blessé. Je lui ai dit aussi que sur le fond, je ne retirais rien, mais que le « pardon » venait en premier. Il a rougi. Nous avons parlé des enfants. À chaque moment suffit une vérité.

QUATRE

- 67 -

Laurence Bloch rallume ma lumière en juillet 2017. Patronne de France Inter, Laurence a un souci. Une radio concurrente razzie son équipe, tentant ses troupes de juteux contrats. Elle se trouve sans voix à la revue de presse ; nous parlons d'une institution dans le service public. Elle vient me chercher pour me la confier. Cela tient du miracle, peut-être d'une logique ? Je suis revenu, sinon dans le paysage, du moins dans un coin du tableau. J'ai patienté. Je me suis délesté de tout désir de gloire et j'ai désappris la courtisanerie. L'actualité s'est retirée de moi. Je suis mûr pour échapper au bruit, et tranquillement lire les journaux.

Un an plus tôt, la même Laurence m'a fait un cadeau dont elle ignore le prix. Elle m'a prêté cinq minutes chaque dimanche matin pour une chronique historique. Je plonge dans des archives pour relier nos présents aux soubresauts d'antan. Cela m'apporte une paix inespérée. Je me promène chez de Gaulle, je goûte la langue de Pompidou, je ne suis plus condamné aux bêtises de l'heure. Que ne peut-on vivre seulement au passé ? J'espère conserver l'émission une année de plus, par bonheur et pragmatisme. Mais les budgets sont serrés et la chronique s'arrête. Je cherche une pige de rechange quand Laurence me rappelle.

Elle m'invite au Zebra, cantine élégante en bas de la Maison de la Radio. Serais-je intéressé par la revue de presse ? Je suis honoré, bredouillé-je. Laurence me convoque pour un essai. Elle a tout connu des métiers de la maison. Elle me donne la réplique elle-même et – je comprends ici qu'elle me veut – me fait faire plusieurs prises, pour que je tienne les temps et le ton.

Il faut attendre quelques semaines, que mes tentatives soient validées dans les vacances des uns et des autres. Nicolas Demorand m'appelle, moqueur et ravi. Il reprend la matinale avec Léa Salamé, que j'ai connue débutante – j'étais alors un fringant quadragénaire à *L'Obs*. Douze ans plus tard, elle a tout réussi et parle en grande sœur à l'homme qui s'est noyé. Leur amitié est de bon augure. Je m'interdis de trop y croire et d'en avoir envie. Je ne prends pas le risque de vouloir.

La revue de presse d'Inter m'amènerait un salaire de cadre moyen, c'est déjà somptueux. Elle serait également une réparation. Je n'ai goûté qu'une saison à cette tranche, la matinale, qui est physiquement un enfer, mais une émotion unique. Dans la nuit silencieuse, des journalistes fraternels et courtois comme on l'est dans une épreuve commune, accomplissent leur tâche, chacun sa place et ensemble, en artisans ; nul ne crie, nul ne s'agite ; ce qui polluera les journées n'est pas de mise quand la ville dort ; les matinaliers sculptent une œuvre éphémère, un enchaînement de textes et de mots et de sons, qu'ils partagent au matin. À 9 heures le travail s'achève, on est libre : on vit pour les autres et en décalage avec eux.

J'ai passé un an à la matinale d'Europe 1 avant d'en être sorti ; cette paix me manque ; je n'espérais pas la retrouver un jour. Ma saison de matinale a été la dernière de Valérie sur terre. Je nous dois cela.

Je m'interdis d'espérer mais je me tends la main.

Je suis pris. Je débute timidement. J'écorche sur ma première copie le prénom de Mbappé. Après quelques jours, un confrère de *Sud Ouest* me reproche d'offrir aux auditeurs une revue de la presse parisienne. Il a raison. J'ai débarqué sans posséder les codes internet de la presse de province. J'envoie des courriels, je colmate, je m'installe. Je découvre le journalisme en ligne et redécouvre la presse locale ; je relis *L'Indépendant*, comme si j'étais revenu à Narbonne, *L'Écho républicain* comme à Auneau, *Le Télégramme* et *Ouest-France*, que se passe-t-il à Guingamp ? Je suis de retour chez moi. Dans mes petits matins, je voyage en France, et j'en entends les voix. Me voilà l'homme le moins seul de la République. Le bonheur m'attend. Je l'avais oublié ; il a le goût des autres. Je raconte chaque matin mon pays blessé et généreux ; j'excelle également aux nécrologies ; mes amis s'en amusent ; je ne souris pas encore de ce talent dont je sais la raison : je suis devenu le spécialiste de la mort.

Laurence me couve et me surveille. Je m'imagine à nouveau footballeur, titulaire enfin, mais que le coach ne lâche pas. Quand elle m'admoneste, parce que je suis trop long, trop verbeux, pas assez net, trop de sujets, trop dense, « on étouffe, allège Claude, allège qu'on respire ! », quand elle me chapitre dans son bureau, Laurence commence ainsi : « Ne t'inquiète pas, je ne vais pas te virer. » J'ai beau sourire, « tu n'as pas de raison de me virer », elle me connaît bien sans encore me connaître : c'est mon seul sujet.

- 68 -

Un dimanche de mars 2018, Théo déjeune chez sa sœur Camille. Un testicule lui fait mal. Il a de la chance : il en parle. Parmi les convives, on connaît les symptômes d'un cancer qui frappe les jeunes gens. Nous avons de la chance : il m'en parle également. Je l'accompagne pour une échographie. Il n'a pas de chance : c'est bien une tumeur. Y a-t-il un destin ? Mon fils n'a pas vingt-trois ans.

Au vu des statistiques, le cancer du testicule est d'augure acceptable. La médecine sait le prendre et ensuite on vit, on procrée. La maladie n'en est pas moins injuste. Théo jouait et s'épanouissait ce printemps, les rôles venaient à lui. Il se retrouve empêché et menacé. Après un moment irréel et ludique – conserver son sperme dans un hôpital et se savoir puissant – il est opéré. Son testicule gauche est remplacé par une balle souple, mais ce n'est pas l'essentiel : on lui découvre un ganglion métastatique dans l'abdomen, qui multiplie par trois sa cure de chimiothérapie.

Voilà mon fils perfusé et bientôt chauve et nauséeux à l'hôpital Gustave Roussy, en haut de Villejuif. Le voilà malade de retour chez lui, sans défenses immunitaires. Il s'enrhume et tousse, il a de la fièvre, il retourne à l'hôpital, prend des antibiotiques, il revient chez lui lessivé, il repart pour une autre chimio et encore et encore. Théo n'est qu'un corps brutalisé. Théo a peur de mourir. Il demande à tous et chacun de lui dire qu'il va guérir. Je suis trop superstitieux pour répondre simplement, « sans aucun doute mon fils ». Il m'engueule, je réplique, je ne le rassure pas. Il entre en régression. Je lui achète une console électronique, il joue à FIFA dans son lit.

Vu de Camille, rien ne compte que son frère.

Vu d'Octave et Léon, où est passé Théo ? Ils s'inquiètent de lui. Théo redoute leurs microbes. Kathleen et moi les emmenons enfin à Roussy qu'un jardin entoure. Ils trouvent élégant le crâne lisse de leur frère. *Théo a la classe.* Ils jouent dans le jardin. Théo parvient à sourire. Kathleen lui parle. Elle nuance mes logiques et ma peur. Elle sait tout du cancer et de ses hypothèses, tout ce qu'on peut en savoir en allant sur le Web. Elle m'a dit tout de suite que le printemps serait long. Kathleen est là pour mon fils et ma fille, comme elle tient pour moi. En avais-je douté ?

Il fait chaud ce printemps 2018 comme il faisait si chaud en juillet 2009. Trop de choses se ressemblent : le soleil, l'hôpital, un amour fragile, une vie en danger, un brouillard d'épuisement, un travail à la radio qui peut se dérober. Je devine, à Inter, des doutes sur mon style, la tentation d'un changement, dois-je m'inquiéter ? Je sais cela : si je saute à la radio, la mort sentira que l'histoire se répète, et cette mort qui a pris Valérie regardera Théo. Je le sais avec une foi parfaite. Tout est lié dans un éternel retour. Je le murmure à peine.

Je le crie chez ma psy.

Catherine accompagne, une fois par semaine, mes bâillements et mes doutes. Sans elle, cette saison de radio aurait été plus rude. Elle m'écoute et m'agrée et ne doute pas. Je m'inquiète pour rien. Les chefs doivent cheffer, c'est leur rôle, que penserais-je si la patronne ne me disait jamais rien ? J'avoue à Catherine les affres où me plongent une humeur de Nicolas, une distance de Léa, un mot de Laurence. Catherine démine le seul danger : je ne dois pas laisser la peur me commander. Elle ne redoute que cela : que mon esprit refuse la paix revenue, et, s'hypnotisant d'une chute possible, m'inspire des erreurs qui la hâteront. Et Théo ? Théo est soigné, répond-elle. Où ai-je vu que le pire est certain ?

Printemps 2018. La radio le matin. Le RER, le vélo pour aller à Roussy. La route monte et je sue. La salle de détente des jeunes malades. Son baby-foot, sa télé. Les copains de Théo, ceux d'avant et ceux du théâtre, je vois combien mon fils est aimé. Camille joue au baby-foot avec les comédiens. Viennent Roland-Garros, puis la Coupe du monde. J'ai offert un maillot de N'Golo Kanté à Théo. C'est un demi défensif, un gars sûr. Théo me retient pour les matchs. Je rentre dans un bus de nuit qui tortille dans la banlieue rouge, puis attrape le

RER à Laplace jusqu'à la gare du Nord, puis le métro pour Château Rouge. Je n'avais jamais pris de bus la nuit en banlieue. Je me couche à minuit, suis debout à 2 heures. Épuisé, je pense moins.

Dans un interstice de ses traitements, j'emmène Théo à Rouen où il passe une audition pour une pièce de Tchekhov. Sans cheveux, il fait plus jeune que le rôle et rate d'un rien sa place dans *Platonov*. Je suis heureux de l'attendre. Il me présente la troupe. Sa joie de jouer me rassure. Forcément, il ira bien. Épuisé, je suis serein. Kathleen protège Octave et Léon. Elle m'endort dans ses bras quand je rentre. Dans la peur, je trouve un équilibre. Je finis par penser que le destin se lasse.

Nous gagnons au cœur de l'été. France Inter m'a gardé, il n'est rien arrivé. La chimiothérapie fracasse le ganglion.

Nos peurs désormais nous seront mesurées. Camille et moi irons avec Théo, tous les trois mois, tous les six mois, vérifier d'un scanner que la rémission perdure. Un jour, je le crois, nous dirons « guérison ». Après les scanners, nous irons déjeuner, Camille, Théo et moi. Ce seront nos moments.

Quand Théo souffrait, au plus noir du printemps, j'invoquais Valérie. Elle ne devait pas reprendre son fils, mais le laisser encore, prendre son mal en patience et se passer de lui, longtemps, bien longtemps. Je parlais aussi à Dieu ; qu'il me prenne moi s'il lui fallait une vie.

Vers la fin de la maladie, les tantes de Théo sont venues à Roussy. Patricia, Muriel et Sophie, sœurs de Valérie, mes belles-sœurs, chacune lessivée par l'existence, comme je le suis. Kathleen et moi sommes venus les rejoindre. Les sœurs de Valérie ont embrassé Kathleen et ensemble, elles ont entouré Théo. J'ai mesuré nos chemins.

Parfois la vie est à l'heure. Théo sort de l'hôpital le dimanche 15 juillet 2018 : juste à temps pour célébrer à déjeuner les quatre-vingts ans de sa grand-mère Evelyn ma maman, à la Rughetta, dans le tournant de la rue Lepic, lieu fétiche de nos vies d'avant et d'après, où l'on mange des pâtes aux légumes et des pizzas au Nutella.

La France joue sa finale de Coupe du monde. C'est au nom de cette fête qu'un interne a signé le bon de sortie de mon fils. Je commente le match à France Inter. Camille a invité Théo et Kathleen à voir la finale chez elle. Ils prennent ensemble des *selfies* de la victoire. Kathleen et mes enfants de Valérie sont devenus amis. Les photos sont superbes. Leurs regards sont si droits. Théo semble un jeune bonze entre deux belles femmes.

Le lendemain, Camille, Théo et moi descendons au cimetière de Bagneux. Le calendrier est un sublime pardon. Ce 16 juillet marque le *Jahrzeit*, l'anniversaire au calendrier hébraïque de la mort de Valérie. Nous venons devant elle en équipe gagnante. Nous lui disons notre vie. Es-tu fière de Théo, as-tu eu peur pour lui ? Sais-tu que l'autre jour sur ta tombe, quand nous étions venus pour ton anniversaire, Camille s'est fait piquer par une tique sur le sein et en a fait une histoire ?

Kaddish, mon amour.

Nous allons ensuite à Roussy, à deux pas de Bagneux, faire valider par un seigneur oncologue, le professeur

Fizazi, que Théo est bien libre. Nous déjeunons au Train bleu de la gare de Lyon. Nous dépensons de l'argent puisque la vie est à nous. Nous prenons le train pour Avignon, où le Festival nous attend.

Le lendemain, Théo remonte sur scène. Il joue avec un jeune homme sombre devenu frère de théâtre, Tigran qui était venu souvent le visiter à Roussy en scooter déglingué. Leur pièce s'appelle *Deux frères*, d'un auteur italien, Fausto Paravidino, dont mon fils et son ami ont fait leur référence : un huis clos où deux frangins en fusion poussent à la mort la fille trop dingue et jolie qui s'est glissée entre eux.

Théo joue fragilement un jeune homme fragile. Son crâne est merveilleux.

Camille a une rage de dents.

Il est tant de façons de ne pas être au calme.

Deux jours plus tard, secoué de revivre, Théo vomit. Ça n'a rien de grave. Il faut se modérer.

Dans l'épreuve qui me laisse épuisé, une amie s'est levée : Sophie, que j'avais abandonnée à sa peine quand elle pleurait Valérie, est une grande cancéroloque. C'est elle qui m'a guidé dans la maladie de Théo et nous a ouvert la porte de Roussy. Il ne pouvait pas être mieux soigné. Il lui doit une part de vie. Sitôt le traitement de mon fils achevé, Sophie repart et ne me parle plus. Je trouve cela triste et juste.

- 69 -

J'apprends à surmonter l'étonnement de vivre. De quoi puis-je me soucier. Je m'efforce aux désagréments ordinaires. La mort et la destruction ne peuvent plus être mes compagnes. Je m'essaie à la banalité. Je m'emporte contre le bruit des voitures et la saleté des rues. Kathleen se moque de moi. Je l'appelle « ma femme ». Je garde pour moi le pincement au cœur que m'infligent ces mots. Mieux séparer mes mondes. Être jaloux de Kathleen est le plus bel ordinaire. Je fais grandir Octave et Léon sans trop penser que le temps m'est compté.

J'ai tout près de moi une maîtresse en survie. À force de ressembler à mon père, j'ai oublié que je suis le fils d'Evelyn. Ma mère inquiète et dévouée me donne, octogénaire, une leçon d'existence.

Veuve, Evelyn a semblé renoncer. Elle n'avait plus de force. Papa était parti à temps. Elle serait morte à force de le porter. Evelyn se reposa d'abord en gémissant ; elle ne se souvenait plus de Roger que malade, soufflait-elle, elle n'arrivait plus à évoquer la beauté de son mari. Je la plaignais mais à chacun son veuvage. J'arrivais, moi, à me souvenir de ma femme vivante, et de la gloire de mon père. Il suffisait d'y penser. Théo me trouvait dur ; il m'enviait : j'avais la chance d'avoir une maman, je devais la protéger.

Evelyn reprit ses voyages en Hollande où la sienne de maman, Anny dite Oma, semblait éternelle. En juillet 2014, nous fêtâmes les cent ans d'Oma, coquine et coquette comme à Speyer, dans la Rhénanie de ses quinze ans. Kathleen me parut très grande dans la maison de ma grand-mère, dont les meubles ressemblaient à des jouets de poupée.

Dix ans plus tôt, pour les quatre-vingt-dix ans d'Oma, ma sœur Myriam et Valérie avaient confectionné un couscous dans la petite cuisine de la vieille juive allemande. Les fêtes se ressemblaient pourtant. Oma était plus vieille, papa n'était plus là. Que diraient nos photos ? Kathleen était enceinte pour la deuxième fois. Octave gambadait entre son frère et sa sœur, ses cousins d'Israël. Ce petit prince blond aurait pu être hollandais.

À Paris, Evelyn appréciait l'art d'être à nouveau grand-mère. Elle ne s'en contentait pas. Elle se passionnait pour Facebook où dans des cercles juifs, elle commentait la marche du monde et se faisait des amis. Je redoutais pour elle la déréalité des addictions. Puis elle nous mentit, et se sauva d'un destin asséché.

Ce fut d'abord par omission. Sans nous dire pourquoi, ma maman commença à donner des conférences dans des collèges et des lycées sur son enfance de fillette déportée. Elle avançait bravement devant les gamins. Sa gentillesse méticuleuse désarmait leurs inattentions. Elle accompagnait ses mots de quelques photographies. Sa famille juive allemande, l'illusion d'un refuge aux Pays-Bas, une photo d'elle en cardigan tricoté, âgée de trois ans, juste avant les camps. Elle racontait, et cela devenait le plus clair de sa vie.

Au bout de quelques mois, nous comprîmes qu'Evelyn ne racontait pas seule. Elle était amoureuse. Lui s'appelait Alain. Il avait son âge. Il n'avait pas été déporté, mais caché, quand son père, grand-rabbin de France, était pris et envoyé à Auschwitz avec son épouse. La maman d'Alain était morte gazée à Birkenau. Son papa avait été assassiné à Ebensee, annexe de Mauthausen, après l'évacuation d'Auschwitz. Evelyn et Alain étaient deux versions d'une même tragédie. Est-il plus terrible d'être un enfant caché orphelin à jamais ou une enfant sortie de l'enfer avec ses parents, mais pour toujours soumise à ses cauchemars ?

Alain jouait de la clarinette. Il était un juif doux et timide. Il mit du temps avant de nous rencontrer, mes enfants, ma sœur, Kathleen et moi. Evelyn et Alain avaient construit leur propre monde. Ils témoignaient chacun à leur tour et s'encourageaient. Ils s'approuvaient sur Facebook et se retrouvaient dans la vraie vie, le jour et des nuits.

Fus-je choqué ou amusé ? Evelyn rosissait et boudait si on l'embêtait avec son amoureux. Elle était susceptible comme une adolescente. Me pensait-elle hostile ? J'aurais eu du culot. Je combattis mon scepticisme. Je m'amusais d'être à ce point semblable à ma mère. Deux égoïstes ou deux sages, qui pleuraient le conjoint disparu, mais n'avaient pas oublié d'aimer après lui. Ma sœur Myriam ne s'était jamais remise en couple après la mort de son homme. Faisait-elle moins de cauchemars que sa mère et son frère ?

Ils étaient trois veufs dans une famille, qui chacun à sa manière décidèrent qu'ils seraient heureux.

Evelyn m'aida à l'admettre. J'allais bien.

Dans sa vie nouvelle, Evelyn explorait ses vérités jusque-là calfeutrées. En elle gémissait la fillette déportée, réduite au silence sous le bonheur d'une vie. Elle devait ressortir.

À la fin des années soixante-dix, ayant beaucoup tapé les romans de Roger, ayant beaucoup renoncé pour Myriam et moi, Maman s'était muée en militante des juifs retenus en Union soviétique, interdits de passeports et d'espérance. Elle les avait rencontrés à Moscou et à Minsk ; dans leur détresse, elle avait retrouvé la misère des camps. De retour à Paris, elle s'enchaînait aux grilles des agences de l'Aeroflot et perturbait les tournées du Bolchoï. Ce fut sa première échappée.

Quarante ans après, ayant rencontré Alain et ses conférences lycéennes, Evelyn trouva son chemin. Elle témoignerait de son papa brisé et d'une enfance volée.

Evelyn nous dit qu'elle n'avait jamais osé nous parler de la Shoah comme elle l'aurait souhaité ; elle s'empêchait pour nous, ses enfants, pour Roger, pour ne pas nous envahir. Je n'étais pas d'accord. J'avais toujours connu son histoire ; nous ne l'avions jamais censurée ; elle l'avait racontée dans *L'Arche*, que papa dirigeait ! Maman avait été déportée, nous le savions. Baba – ainsi l'appellent depuis Camille ses petits-enfants – avait été déportée, chacun le savait. C'était elle, c'était en nous. J'avais porté cette fêlure. On avait voulu tuer ma mère quand elle était fillette.

Je m'étais effondré devant Valérie, au début de notre mariage. Je pleurais dans un McDonald's, l'incongruité du lieu me revient. Je ne pourrais jamais faire d'enfants, hoquetais-je, puisqu'on nous tuerait tous. Nous avions fait pourtant Camille et Théo, que Valérie avait trouvés enlacés – ils avaient cinq ans et deux ans – quand Maurice Papon qui, pendant l'Occupation, avait livré des juifs aux nazis, sortit de prison. Camille murmurait des consolations à son Théo.

N'aie pas peur mon petit frère, je ne laisserai pas Papon te prendre.

Octave à son tour puis Léon connaissent les nazis. Je leur ai expliqué.

Ils voulaient tuer les juifs et ils ont mis Baba en prison.

Nous n'avons jamais ignoré.

Maman ne voulut pas en démordre. Elle en disait plus désormais, elle disait mieux. D'autres souvenirs lui revenaient à force de parler. Elle reprenait possession de sa vie. Jouait-elle autre chose d'essentiel, pas seulement la mémoire ?

Evelyn aimait Alain et leur histoire, et dans cette histoire, il y avait cela. Une fillette, un garçonnet, deux enfants de la Shoah, transmettant jusqu'au soir de l'existence, et réparant le passé.

Pour mon papa, c'était un peu injuste. Roger aussi avait été caché pendant la guerre, à Perpignan où il avait découvert le rugby. Mais il s'en était sorti, et son frère, et leurs parents, et après guerre n'avait pas ruminé les massacres mais chanté les espérances d'Israël et du socialisme. Papa avait bien vécu. Je ne le plaignais pas. Maman passait à autre chose. Elle le pleurait d'autant mieux qu'une autre vie s'offrait à elle, non pas une trahison, mais une fidélité antérieure. Elle avait trouvé les superlatifs que méritait son nouvel amour.

- 70 -

En décembre 2017, Anny, Oma, ma grand-mère, tombe dans sa vieille maison. La hanche fracturée, elle part pour un hôpital puis une maison de retraite, elle n'en reviendra plus. J'accompagne Evelyn à Amsterdam. Je mange des harengs aux oignons dans des petits pains mous. *Maatjes, broodjes*; pourquoi viens-je si peu? Je passais un mois à Amsterdam chaque été quand j'étais petit. Nous visitions le Rijksmuseum et le Van Gogh. Qu'ai-je laissé en chemin?

En mars 2019, Oma a décliné, je reviens à Amsterdam. *Maatjes, broodjes.* Evelyn est vidée de sa substance. Ma grand-mère a peur de ma présence puis devine que j'appartiens à son monde: elle me caresse la main.

Une semaine plus tard, elle meurt. *Maatjes, broodjes.* Camille et Théo me suivent. Nous enterrons Oma dans la boue glacée du cimetière juif au large de la ville. Je dois retourner d'urgence travailler à Paris. Une tempête souffle sur la Belgique et bloque les trains. Je loue une voiture. Je suis épuisé. Camille nous conduit. Je n'avais pas pensé que si vite, je m'abandonnerais à ma grande fille.

Orpheline enfin, Evelyn n'a pas vacillé. Elle est plus forte que ça. Elle souffre pourtant. À quatre-vingts ans, la voilà libérée de sa mère mais privée à jamais de l'enfance.

Au 31 Holbeinstraat, nous trions des objets dans la maison bientôt vendue. Oma parlait un français de bonne élève. Je garde ses livres de poche, un tableau. Evelyn prend des photos, des chandeliers, des bibelots, une mignonne armoire murale remplie de gobelets d'argent, deux menoras de Hanouka, un service de porcelaine anglaise de son enfance. Ils lui sont plus précieux que les témoins de sa vie d'adulte. Pour faire de la place aux assiettes hollandaises, elle veut donner le service qu'elle reçut, elle, à son mariage. Je le récupère et lui fais une place chez moi, près de la porcelaine qu'aimait Valérie. Je la proclame vaisselle des repas de fêtes sans viande.

Un matin, je visite maman ; elle a fait poser au mur l'armoire mignonne d'Amsterdam, à la place des photos de mon mariage et de celui de ma sœur.

« Mais où sont les photos ?

— Je les ai décrochées, Myriam est d'accord.

— D'accord pour quoi ?

— Elles prenaient trop de place, il y avait trop de passé sur les murs. Alain aussi est d'accord. Et puis, c'était dur pour Octave et Léon. Regarde, j'ai mis une photo de Kathleen.

— Je suis ravi que tu installes une photo de Kathleen, mais ce n'est pas une raison pour amputer ma vie. Tu aimais Valérie ? »

Elle aimait Valérie, comment en douter.

À l'hiver 1997-1998 – elle travaillait pour SOS-Racisme – Valérie avait accompagné des jeunes gens à Auschwitz. Elle était revenue tétanisée de froid et de douleur. Ce n'était pas son premier voyage vers les camps. Avant notre mariage, elle était allée à Theresienstadt avec les gamins de Garges. Evelyn lui avait donné des vêtements chauds. Valérie lui avait rapporté un collier de perles métalliques. Le fermoir du bijou s'était bientôt cassé. Evelyn l'avait retrouvé dans un tiroir aux beaux jours de 2009, et l'avait fait réparer. Elle l'avait récupéré juste avant que Valérie s'en aille. Ma maman raconte souvent le collier de sa petite Val.

Mais alors, les photos décrochées ? Il y a aux murs de ma maman des dizaines de photos. Pourquoi de mon seul mariage veut-elle faire table rase ? Je sauve mon histoire. Les photos des mariages reviennent, réencadrées plus modestement : c'était la solution.

Octave et Léon n'y voient aucune malice. Ils constatent simplement que, marié à Valérie, j'étais jeune et mince.

Valérie était frisée quand elle m'a épousé. La cousine qui l'avait coiffée lui avait fait des anglaises. Elle n'avait pas osé refuser.

Evelyn repart témoigner. Théo la suit dans une prison de Saint-Étienne où elle captive des détenus. Elle joue son propre rôle dans un film : une ancienne déportée qui guide des lycéens dans un cimetière à Cracovie. Le grand-rabbin de France lui a obtenu les palmes académiques. Elle est un peu loin de nous, parfois, dans sa gloire ou sur l'écran de son smartphone, et puis revient. Elle donne les livres qu'accumulait mon père, il en reste encore tant. Que ferai-je de tout cela, le plus tard possible si je surpasse maman en âge, ce qui n'est pas écrit ? Que ferai-je, puisque c'est mon destin de ne rien effacer ? Et qu'en fera Kathleen ?

Je chasse ces pensées. Je vis, comme ma mère, et après moi, je verrai.

En février 2020, nous repartons en Hollande dévoiler la pierre tombale d'Anny Sulzbach née Seligmann, Oma, ma grand-mère. C'est une coutume juive d'attendre une petite année pour ériger le monument funéraire. Kathleen est du voyage avec Octave et Léon. Théo est empêché, il répète à Paris. Nous ne trouvons pas de tickets pour la maison d'Anne Frank qu'Octave veut visiter. Kathleen et moi fumons une drogue ludique dans un coffee shop avec Camille et Jules, son amoureux.

Je mange désormais mes harengs sans pain. *Maatjes, zonder broodje.* Je suis au régime. J'ai pas mal maigri.

En septembre 2019, mon cardiologue a trouvé déraisonnables mes analyses sanguines. J'étais envahi de cholestérol et de triglycérides. C'est un cardiologue juif. Il m'a permis d'attendre la fin du Nouvel An. Pour Roch Hachana, je me suis surpassé de poulet au citron et de veau aux carottes, et j'ai profité du foie haché et des bagels fondants. Théo a eu peur que je meure. J'ai tout arrêté ensuite. J'ai réalisé que je tenais à la vie. Longtemps, je n'en étais pas certain. Je mange des fruits, des légumes et du quinoa et je croque des graines. Je marche plus vite et mieux. Kathleen regrette mon ventre qui l'érotisait. Je me fais une raison. Je laisse pousser ma barbe pour la consoler. Kathleen a sur moi des désirs qui m'échappent et me ravissent. Les garçons ont grandi. Léon porte des lunettes et dessine. Octave joue au football. Ils sont d'autres merveilles. J'ai des envies de futur.

Kathleen a écrit et donc moi aussi. La rivalité a créé entre nous une tension amusante et aussi sexuelle. Kathleen fait à nouveau mine d'être jalouse. Je la soupçonne de feindre mais j'apprécie l'hommage. Kathleen est superbe quand elle écrit, et sublime depuis qu'elle m'a trompé.

- 71 -

En décembre 2019, je suis parti au Havre achever cette histoire. Kathleen me donnait cinq jours de liberté. Que je choisisse cette ville disait que je l'aimais.

Le Havre est une de ses villes. Kathleen admire le béton de l'architecte Perret, elle respire le vent froid qui vient de la mer, et trouve magnifique une piscine blanche où l'on nage en plein air, construite sur les anciens docks par Jean Nouvel. Enceinte de Léon, elle avait voulu que nous partions au Havre en amoureux. Nous étions revenus enrhumés. J'y retournais pour retrouver ce goût.

J'ai écrit dans la fièvre. Je n'arrêtais que pour aller nager dans la piscine blanche. Je perdis une demi-journée à lire le roman de Kathleen pratiquement achevé. Elle me l'avait envoyé sans me prévenir – à sa manière : un courriel et un texto pour dire que le courriel est parti et on s'arrange avec ça. Son roman est beau. Il fera des heureux loin de moi.

Kathleen a lu mon livre dans un premier état, puis Camille et Théo. Octave et Léon en ont assez que leurs parents écrivent. J'ai retardé le moment d'abandonner le texte. Que deviendrai-je quand tout sera figé, et que sera Valérie, l'entendrai-je encore ?

Ma fin n'allait pas.

Un soir, j'ai dit à Kathleen que je n'avais pas suffisamment raconté mes vélos. Elle ne me comprit pas. Je ne pédalais plus assez pour qu'elle me comprenne. Elle ne m'avait pas connu vraiment cycliste. J'essayai de lui dire Puisserguier et Capestang, et la chaleur sèche des routes des Corbières et du Minervois, du canal du Midi, la montée de la Clape, où pousse un vignoble AOC dont Valérie était fière, et qui bascule dans les tournants vers Narbonne-Plage. Ces noms furent ma vie.

Je pédalais chaque été chez les parents de Valérie. Je partais à l'aube pour de longues sorties et revenais pour déjeuner de sardines et de pêches à la maison de l'impasse de Saintonge où j'étais attendu. Valérie me disait, « papa a fait griller des sardines ». Il y avait du Coca sur la table. Dans le jardin des Atlan, le cerisier n'avait pas encore été abattu. Ils avaient installé une piscine de toile devant la cuisine. J'y plongeais en nage. J'avais le corps brûlant de paysages. Ce qui me manque le plus, qui ne reviendra pas.

Ce n'est pas seulement le vélo que je regrette, et ces routes que je sais par cœur. Au sortir de l'allée, prendre à gauche puis à droite pour sortir de Razimbaud. Longer la voie de chemin de fer et quitter la ville et au premier rond-point, filer à gauche et tourner encore et aller au plus droit vers Cuxac, Capestang est au bout avec ses hautes maisons, Puisserguier suivra et les montées arrivent et ensuite ce sera à ma force et mes réserves d'eau. À la fin je rentrerai en longeant le canal.

Ce n'est pas seulement le vélo qui me hante, que je poussais dans des villages de pierre et de poussière, la tête qui me tournait et les cuisses raidies. Me manque par-dessus tout la certitude heureuse d'être attendu après ma promenade. Je pédalais plus fort de savoir qu'à la maison ma femme et mes enfants étaient à l'abri. Ce n'étaient pas des promenades hostiles, où j'oubliais Valérie sur un quai de gare. Elle était chez elle. Elle était, nous étions, le but, la récompense, la ligne d'arrivée.

Mon vélo appartenait au paysage, comme un dîner de chabbat ou le sport à la télé que Maurice n'aurait manqué pour rien au monde, se réfugiant pour voir un match dans son bureau en sous-sol, au milieu des factures de son entreprise, quand sa ribambelle de filles et son épouse installaient les enfants devant un feuilleton au hasard des programmes, qu'elles n'écoutaient que distraitement. Valérie coiffait Camille en lui caressant le front. Une machine à air conditionné ronronnait au salon.

Je boudais les plats de viande en sauce et réclamais des pêches et du yaourt. Je faisais du vélo, je lisais. Laurent, le mari de Patricia, s'était acheté un bateau. Nous ne pensions pas qu'un jour, Patou divorcerait, ni ne pensions que Valérie mourrait. Je sentais la sueur rêche, les vêtements de Laurent sentaient le poisson. Je le surnommais Ordralfabétix. Après le déjeuner, j'étais impatient de repartir à la plage. Valérie me grondait. Je ne tenais pas en place. *Tu aimes rôder*, m'avait-elle dit dès nos premiers mois. Sans les sardines et sans cette famille, le vélo aurait été sans saveur.

C'est cela qui me manque, que je ne sais pas faire revenir.

J'ai appris à repasser par des chemins que je crus impossibles. Je suis retourné à Venise. J'offre des fleurs à Kathleen. J'en ai longtemps été incapable, jusqu'au jour où j'ai pensé qu'Octave, Léon et moi avions le droit d'aller chez le fleuriste. Nous avons aussi le droit d'acheter des bijoux à la fête des mères, qui ne sont pas les petites perles attachées à un fil doré, qu'avec Théo et Camille, nous donnions à Valérie.

Je cherche l'espérance d'un vélo retrouvé. Serai-je capable un jour de grimper à nouveau au sommet du Ventoux, en dépit de mon corps et de mes larmes ? Serai-je un forçat de la route aux yeux d'Octave et Léon ?

L'été 1998, j'avais laissé Valérie, Camille et Théo partir seuls à Narbonne. Je les avais rejoints en pédalant. Je roulais bon train malgré mon sac à dos. Le dernier jour, le vent me poussait depuis Toulouse le long du canal du Midi. J'étais arrivé à Narbonne en milieu de matinée. Valérie était sortie avec les enfants. Leur peau sentait bon cette maison où, à cause du vent, on gardait la nuit les fenêtre closes. J'étais leur héros. J'avais vu une si belle France entre l'Auvergne et l'Aveyron.

Je voudrais repartir avec cette certitude d'avant, que je serai attendu.

- 72 -

Au début de l'année 2020, Kathleen et moi avons pris nos vélos de ville pour une soirée en banlieue. Nous n'allons plus à la piscine ensemble et je le regrette. Nous nagions beaucoup autrefois. Cette simple idée d'un « autrefois » à propos de Kathleen dit l'épaisseur de ma vie. Quand nous nous croisions dans l'eau, je regardais ses jambes. Le vélo compense un peu. Elle ne roule plus à l'électrique, mais sur un Brompton pliable, absolument bobo et cher, mon cadeau. Ses cuisses et son fessier s'affermissent. Je pense que je la désire. Sa perfection me pince. En vieillissant mon corps se fait pressant : il mesure le peu de temps qui reste.

Nous avons retrouvé Camille à Asnières, où Théo mettait en scène sa première pièce. Elle est de son maître italien, Fausto Paravidino. Cet homme a écrit jeune des pièces de gai désespoir. *La Maladie de la famille M.* a été publiée en français en mai 2009. Valérie mourrait deux mois plus tard. Théo a découvert ce texte dans ses premiers cours de théâtre, quand il s'agissait pour lui d'une survie instinctive : il avancerait sur scène ou ne saurait rien être. Il s'était promis qu'un jour, ce serait sa pièce.

La Maladie raconte une famille dont la mère est morte.

Le père, Luigi, a été sage autrefois ; il est abîmé désormais ; il égare les objets et la paix. Luigi a deux filles, Marta et Maria, l'une dévouée à sa famille, l'autre blessée et coquette. Luigi a un fils, Gianni, qui voudrait que l'on plaisante et que l'on joue avec lui. Il meurt à la fin de la pièce d'un accident de moto.

Quand il était petit, Théo nous appelait à travers la maison.

Y a-t-il quelqu'un ici qui veut jouer avec moi ?

Théo roule en scooter. Il n'est pas prisonnier de nos hantises.

Camille et moi avons regardé son frère nous mettre en scène dans les mots d'un autre. Je suis moins perdu que Luigi, mais en suis-je certain ? Camille n'est ni coquette ni esclave domestique ? Elle s'admet en souriant un petit peu les deux.

Nous avons applaudi dans un heureux vertige ce que Théo disait de nous. Je n'ai pas invoqué Valérie ce soir-là, ni ne l'ai imaginée assise dans la petite salle remplie d'amis et de curieux. Je n'avais qu'à lever les yeux pour la voir devant moi, au-dessus de notre fils.

Théo avait signé ainsi sa mise en scène. Pour dire qu'auparavant les familles étaient heureuses, il avait projeté une photo de nous : Valérie, Camille, Théo et Claude, prise vingt ans plus tôt en Bretagne, à

Concarneau. La photo date du 11 août de l'été 1999. Il y eut ce jour-là une éclipse de soleil qui trompa la routine de vacances pluvieuses. La photo nous a saisis au moment de l'éclipse. Nous sourions tous les quatre, portant des lunettes teintées, quatre regards masqués vers l'horizon. Je maintiens les lunettes de Théo. Nos peaux sont dorées. Nous sommes très beaux.

Kathleen nous a donc vus ensemble, Valérie, nos enfants et moi. C'est peut-être la première fois qu'elle nous a vus vraiment, longtemps, indéniables. Elle me dit qu'elle n'a pas eu de peine, ni ne s'est sentie exclue. La photographie venait d'un autre monde, qui ne pouvait l'atteindre. Camille nous a raccompagnés en voiture, nos vélos pliés dans son coffre. Octave et Léon avaient été gentils, nous a assuré la baby-sitter. Je me levais très tôt le lendemain et il était bien tard. J'ai dormi agrippé à Kathleen comme un grand koala. Les amours sont des arbres. Le sommeil ne me vient pas bien autrement.

- 73 -

Pour écarter le mauvais sort, mon père touchait du bois. Il fallait également se mordre le bout de la langue, si par distraction nous avions exprimé une prophétie mauvaise. Papa ramassait des morceaux de bois à la campagne et les disposait sur le tableau de bord de la voiture, sous son oreiller, partout où le danger rôdait. Un morceau de bois pour chacun de nous, sa fille et son fils, sa femme et son frère, ses petits-enfants.

Pour chasser le mauvais œil, Valérie disait « Cinq sur toi », ou, en souriant, à la tunisienne, ce qu'elle n'était pas, « Cinq sur toi avec du poisson ». Elle redoutait la *scoumoune*. Nos enfants étaient si beaux, *cinq sur eux*. Mercedes jetait un verre d'eau sur notre voiture quand nous quittions Narbonne : ainsi aspergés, nous reviendrions un jour.

Avant de m'endormir, je toquais le plancher de bois de ma chambre, ou ma table de nuit, une fois pour chaque personne que j'aimais, puis j'embrassais mes doigts. J'avais appris à Camille et Théo à embrasser les arbres dans nos promenades. *Toucher bois, bisou bois, coup-pied bois*. Ils en rirent longtemps. Nous étions parés. J'ai enseigné le rituel à Octave et Léon. Ils sont d'une autre génération. Peut-être y crois-je moins. Dans l'avion, je priais silencieusement quand les moteurs s'emballaient, puis je restais muet jusqu'à l'envol, mais sans fermer les yeux ; si je disais un mot, nous tomberions.

Le destin s'est joué de nos gris-gris.

Je caressais une dernière fois ce livre, quand est venue une maladie qui a gelé nos vies, nos écoles et nos théâtres et nos plaidoiries et nos livres, et qui a tué dans le vaste monde. Enfermés et fiévreux parfois, nous nous retrouvâmes comme les autres : rien ne me différenciait d'autres pères et fils inquiets d'un ennemi invisible. J'ai éprouvé à nouveau une peur que je pouvais partager.

Kathleen dansait devant un miroir, nos après-midi confinées.

Cadouère, Le Havre, Paris. Juillet 2019-Avril 2020

Livres cités (ou évoqués)

George Dandin ou le Mari confondu, Molière, Le Livre de Poche, 1987.

La Famille Mot à Mot, Viviane Cohen et Laure Moulin-Roussel, Rouge et Or, 1992.

Bel-Ami, Guy de Maupassant, Le Livre de poche, 1979.

Les Nains de la mort, Jonathan Coe, Gallimard, Folio, 2002.

La Flamme du Shabbath, Josef Erlich, Plon, 1978.

Les Enfants du square des Vosges, Roger Ascot, Fayard, 1977.

Les Juifs meurent aussi, Roger Ascot, Fayard, 1974.

Ma Dalton, Morris et René Goscinny, Dargaud, 1971.

Poil de Carotte, Jules Renard, Flammarion, 1894.

De l'amour, Stendhal, Gallimard, Folio, 1980.

L'Amie prodigieuse, Elena Ferrante, Gallimard, 2014.

Lettres à Anne, François Mitterrand, Gallimard, 2016.

L'amour dure trois ans, Frédéric Beigbeder, Grasset, 1998.

Le Prince foudroyé, la vie de Nicolas de Staël, Laurent Greilsamer, Fayard, 1998.

Risibles Amours, Milan Kundera, Gallimard, 1970, puis 1986 (nouvelle traduction).

Pétronille et ses 120 petits, Claude Ponti, L'École des loisirs, 1990.

La Conspiration, Paul Nizan, Gallimard, 1938.

Antoine Bloyé, Paul Nizan, Grasset, 2005 (première parution, 1933).

Scarlett, Alexandra Ripley, Belfond, 1991.

Jules César, William Shakespeare, Gallimard, Foliothéâtre, 1994.

Chaos calme, Sandro Veronesi, Grasset, 2008.

L'Identité malheureuse, Alain Finkielkraut, Stock, 2013.

Platonov, Anton Tchekhov, Babel-Actes Sud, 2014.

Deux frères, Fausto Paravidino, L'Avant-scène, 2008.

La Maladie de la famille M., Fausto Paravidino, L'Arche, 2009.

GRATITUDE

Pour m'avoir attendu dans cette maison, Grasset, plus fidèle que moi, pour m'avoir réveillé, poussé, encouragé et lu, relu, sans ménagement souvent mais forcément complices, pour avoir accompagné ce texte, merci, profondément, à Christophe Bataille, Olivier Nora, Pierre Marlière, Léa Riche, Jean-Paul Enthoven, Agnès Nivière, Xavier Collet, Delphine Longuet. Et merci à Philippe Broussard, pour sa lecture inquiète et fraternelle, et pour sa question : pourquoi Newcastle, à laquelle il n'y a pas de réponse.

Cet ouvrage a été imprimé
par CPI Bussière
pour le compte des éditions Grasset
à Saint-Amand-Montrond (Cher)
en octobre 2020

N° d'édition : 21661 – N° d'impression : 2053377
Dépôt légal : octobre 2020